恋に落ちるまでの
時間は4日間…

EGG HOUSE
エッグハウス

［season_1］［season_2］
YouTubeノベライズ

ノベライズ ますこ綾
大洋図書

Season1　chapter.1〈きぃぃりぷ〉

（マップ見なきゃ一生たどりつかねーだろ！）

『歩きスマホはやめましょう』のポスターを見なかったことにして、スマホを睨みながら編集長に伝えられた『ハウス』に向かう。事前に教えてもらった情報は住所と集合時間だけ、マジで雑すぎる。

「えぇ～っと……ここ？」

駅からけっこー歩いたな。ついに発見した家は民家。メチャクチャ普通の家だった。

インターフォンをゆ～っくりと押す。友達の家なら3回押すけど、なんとなく1回。

なーんだ、それなりに緊張してんじゃん、ウチ。

「おじゃましま～す」

中からの反応がないから、玄関のドアを開けてご挨拶。……返事もない。

「……あぁ、あたしが一番目なんだ！　そーゆうこと？」

つまり、超絶はりきっちゃってるワケ。

「うわぁ……ウケる」

ウケるけど、このあたし、鈴木綺麗がはりきらないわけにいかないっしょ。

今風古風な純血茨城産亜種ギャル・きぃぃりぷ　十七歳♡

「……とか、キャッチコピー出るのかな？　どこまでカメラで撮られてんだろ」

カメラ意識してひとりごとが増えてることにちょっと照れつつ、ブーツを脱ぐ。

今年の冬激ＬＯＶＥアイテム、黒のショートブーツ♡　蒸れないし疲れにくいし、牛柄ちゃんソックスとも相性ヨすぎて、もおしょっちゅう履いてるんだ。


「エッグハウスねぇ〜。ここで生活すんの？　殺風景すぎんだろぉ」

ザ・一般的なリビングに入って、一番乗りしちゃった『エグハ』を見渡す。

そう、ここから『ＥＧＧ ＨＯＵＳＥ』が始まる。女３、男３の６人で４日間。朝から晩までいっしょに過ごして、本気で恋愛しちゃいましょうって企画。

台本は一切なし！　４日目は告白ＤＡＹだから、実質たったの３日しかない。そんな短期間で恋ができるかはマジで謎。どっかで聞いたことあるような企画だけどさ、『ちょっぴり素行の悪いギャルが主役』ってのがポイント。

あたしがきっと誰より気合い入ってる！

誰も来ないな……とりまメイク直しとくか。

「てか、絶対この髪型ミスった……モテるかわかんないんだけど！」

ゴリゴリに編み込んだブレイズ。ギャル的にはマジ無敵だけど男ウケはしない。よその恋リア、恋愛リアリティショーってギャルが余りがちだから、エグハで助かる……つっても、ちょっと心配になってきた。あたし以外は誰が来るんだろう？

〈ピンポーン〉

来たぁ〜!!　出迎える？　いや、待ってみよう。玄関の方に耳をすませる。

「えっ……綺麗？　気まずっ」

「ブーツ見ただけであたしってわかるとか、愛じゃないですか？」

「絶対そうだと思った」

気まずい気まずい、って笑いながら入ってきたのは『あやかてぃーん』こと、先輩のあやかさん。十九歳。安心感がヤバい！

「イエーイ♪」

パンッて、いつものハイタッチ。このふたりなら、３人目に来るのは後輩とか？

「お邪魔しまぁす……」

「まぁみぃ！　あたし予想してたんだけど！」

恐る恐るって感じでやってきたのは、後輩モデルで十七歳の『まぁみ』。

ギャルの系統的にバランスいいんじゃない？　これでやっとエッグ組が集合だ！

まぁみは「色白イケメンがいい♡」とか、あやかさんは「男らしいのが好き」とか、男子への期待を雑談しながら、最初のミッションが書かれた紙を開く。

〈いよいよ男子メンバーと初対面♡　今から代々木公園に移動してください〉

「公園!?　花粉すごそぉ～……ブサイクな顔になっちゃう」

「乙女だねぇ、まぁみ。綺麗も見習いな～？　髪型強すぎ」

「いやっ、マジでこの収録忘れててぇ……やっちまったかも」

気にしてはいるんですよ？　逆にあやかさんは、いつもと違いすぎ。髪も巻いてないしギャルギャルしくないっていうか、大人エロい系でオンナ出しにきたね。

＊＊＊

代々木公園に到着！　太陽がまぶしいからか、緊張してるからか、男子メンバーを待ってるウチらの顔はかなり険しい。一人目の男子がこっちに近づいてくる。

「ゆうへい。二十一歳です。よろしくお願いします」

地黒じゃん！　色白は好みじゃないからウチ的にはラッキー♡

ツーブロ×左耳にピアス、黒でまとめてて無難にオシャレ。口髭とアゴ髭も男前。白すぎな歯はウソくさいけど、まぁオッケー。

「綺麗、質問します！　ブレイズ好き？」

「ブレイズは……僕も夏やろうかなって」

よっしゃあ、前向き！

「あやかてぃーんです。えーっと、ショートヘア好きですか？」

「ショート好きです！　もちろんロングも」

あやかさんとまぁみも、ヘアスタイルやファッションの好みを軽く質問していく。

やっぱ、なんだかんだ第一印象はその後のアリ・ナシに響いてくるから。話の弾み方的に、女のヘアメも無難が良さげ。ブレイズは自分がやるなら『アリ』ってことかぁ。

「リキです。二十歳です。よろしくお願いします！」

二人目のメンバー、りきくんは大学生。見た目はさわやか弟系。『色白イケメン』枠かな。まぁみの目が光った。

「まぁみです！　趣味はなんですか？」

「スポーツやってたので……外に出かけたりすることが好きです」

りきくんが、まぁみの質問に答える。めっちゃ目ぇ泳いでんじゃん。

「好きなタイプは……大人っぽい女性です」

ふ〜ん……ってことは、今日みたいなあやかてぃーんがタイプ？

「ギャルは好きですか？」

ギャルにもいろんなタイプがいるけど、一応きいてみる！

「だっ、大好きです」

「「「大好き!?」」」

『大好き』にエッグ組のテンション爆上げ。断じて言わせたわけじゃない、と思う。

……でも、なんだかなぁ。悪いけど今のところパッとしない。ウチのギャル度についてこない、みたいな。りきくんなんて、あたしを見て目ぇ丸くしたし。

たぶんこれ、ゴリゴリのギャルが来て引いてる感じだわ。

三人目のメンバーへの期待が募る。マッチョ？　インテリ？

「渋谷から来ました！　二十歳のリョウヘイですっ！」

「きゃはははは！」

女子、全員大爆笑。出オチすぎ！　だって、リョウヘイはわりと付き合い長い友達だから。さてはこの企画、恋愛ＯＫのギャル男を集めるのに苦戦したか？

「リョウヘイ〜！　なにしてんの！」

笑いすぎてヒーヒー言いながら、まぁみがツッコむ。

「何してるのか分かりません。なんでここにいるのか分かりません！」

勢いだけで渋谷から来た男。自分はお笑い枠だって思ってるのかもしれないけど、これはエグハだからね。恋愛する気でいてくれないと始まらないよ。

「今日の……ってか、エグハの目標は？」

「目標というか……ゴールは見えてる。言えないですけど」

「言えよ」

「言えません」

リョウヘイとの会話って、いつも漫才みたいになる！

でもまぁ、いっか。

良くも悪くも、リョウヘイの登場でいつものノリになれたから、エッグ組の緊張感がほどけてきた。

このあとは、3対3で向かい合ってランチ&トークタイム。

『ちょっぴり素行の悪い男女6人』がピクニックから始めるの、なんで？


全員ベンチに座ったところで、あやかさんがテーブルにランチボックスを置いた。

「えっ！　サンドイッチ？　手作りですか⁉」

うれしそうなりきくんに、あたしは隣のまぁみと顔を見合わせる。

「うん。女子チームで作ってきたよ♡」

あやかてぃーーーーん‼　強い‼

スタッフに手渡されたサンドイッチなんですが！

あぁ……見習いたいわマジで。このくらいの手腕がないと、狙った獲物を落とせないよね。まぁみは、小さい声で「さすが……」とつぶやいた。

「はい次！　綺麗の好きなタイプはどんなやつ？」

食事中、リョウヘイが持ち前のコミュ力で場を回しだした。

ゆうへいくんが、空っぽになったあたしの紙コップにお茶を注いでくれる。ありがとう……ってか、パッとしないとか言っちゃったけどみんな優しいわ。

「う～ん……こういう顔じゃなきゃヤダ、とかはなくて。腕太い人、唇がキレイな人……これじゃフェチの紹介か。世話上手で一緒にいて楽しい人が好き！」

「俺でいいんじゃないの？」

「はあっ？」

「世話焼きでぇ、たのしくてぇ」

「……ダメで～す！」

う～わ、最悪。

不覚にも動揺して、リョウヘイのくだらんボケに一瞬で返せなかった。変な間をなかったことにしたくて、カツサンドにかぶりつく。

リョウヘイが好みの女子を語り出す。

「俺の好きなタイプは……髪の毛がユニコーンカラーで、身長155センチくらいで、爪は短めで、あと笑顔が素敵で、やさしい女性です！」

はい！　まぁみじゃん！

肝心のまぁみは、へら〜っと笑うだけ。ちょっと困った顔。わかる、リョウヘイがまぁみによく言う『好き』って、本気か冗談かわかんないんだよなぁ。

まぁみ的にリョウヘイはワンチャンあるのかな。あたしとしては、今の段階だとやっぱり一緒にいて面白そうなのはリョウヘイなんだけど。『俺でいいんじゃない？』とか言ってたし、あっちがアリならなきにしもあらず、ってゆうか……。


「きーれーい、ほっぺにマヨついてる」

そう言って、横からにゅっと手が伸びてきてびっくりした。あやかさんが人差し指でマヨネーズを取ってくれて、その指をペロッと舐めた。ニッコリほほえまれる。

「あやかさんが一番イケメンだわ……」

なんかめっちゃ恥ずい！　思わず顔を両手で覆う。

「こらこら、男性陣に失礼でしょ」

「うおおぉ〜っ!?　まぁみさん！　僕のほっぺにレタスがついてます！」

「あっは！　バカじゃないのぉ？」

自分でレタスをつけて、鼻息荒くしてるリョウヘイに呆れるまぁみ。

だからさぁ、ときめきを提供していくべきなのはアナタなんですよ?

希望が叶わなかったリョウヘイは、気を取り直して再び進行役へ。

「ゆうへいさんは、どんな人が好きなんですかっ!」

「好きになった人が好き」

「抱ければいい、みたいな?」

なんでそうなんの!?

「あははっ、うん。そう」

「こーわっ! 無理だわ俺! そういうの無理!」

ドン引きするリョウヘイと、苦笑いなりきくん。笑っとく女たち。

リョウヘイの純なとこ出ちゃった。

実際マジで言ってたらヤバい奴だね、ゆうへい君。

でも……たしかにワンチャン狙いぐらいのノリじゃないと、三泊四日しかない恋リアなんて盛り上がらないかも?

ランチタイムが終わったところに、新しいミッションが届く。

リョウヘイが手紙を読み上げる。

「次は、男女ペアになってのボウリング対決。勝った1チームは先にエッグハウスに戻れて、負けた2チームは鍋の具材の買い出し。鍋パだね！」

「なるほどね。1チームはバレないように遊べるってことでしょ？」

あやかさんがニヤリと言って、リョウヘイも調子に乗る。

「バレないようにコソコソっとね。そこでチューしちゃってもいいし……お試しだ。綺麗もおためし、得意でしょ？」

「えぇ～っ⁉」

リョウヘイに話をふられて、デカい声が出た。

あたし、男と付き合う前にお試しとか味見したことあるっけ？　ギャルってそう見られがちだけど、これが意外とないんだな。

「まぁ……直感には従うよ」

「その前に、そんなに長い爪でボウリングできるの？」

「上等！」

「すごい、どうやるんですか?」

感心してるりきくんを見て、あやかさんがクスッと笑う。

ギャル初心者の男の子には、真のギャルの生態を教えてあげましょう。


正直、まだこのメンバーが面白いことになるかも、たった4日で恋ができるのかもわからない。これからが本番ってことで、みんなの本性を暴いてこ!

Season1 chapter.2〈あやかてぃーん〉

「あやかてぃーんさん! ストライクおめでとうございます!」

「ぶふっ……あははっ、ありがと! あやかでいいんだけど」

「あ、あやかさん!」

パチパチパチパチパチ! りきくんの小刻みの拍手が小動物みたいでツボった。両手を合わせてスコアを喜び合う。こういう時、ウェ〜イでグーパンじゃないんだね?

あぁ、やっぱり。確信した。彼は、私の周りにはいなかったタイプだ。

初めましてからのランチを終えて、ボウリング場にやってきた。

じゃんけんで男女ペアのチーム決め。結果は、綺麗×リョウヘイ。まぁみ×ゆうへい。

そして私は、りきくんとペアを組むことになった。

らっきぃ、モッてるかも♡

りきくんには、第一印象で好奇心がうずいたっていうか、良くないアンテナが反応したっていうか。今まで会ったことのない男子だから、興味がわいたんだ。

私がこれまで恋愛してきた相手は、どいつもこいつも男くさい奴ばっかり。

ちょっと強引で自由人で。ぐいぐいリードしてくれる人。今の彼氏も、そう。


私、『あやかてぃーん』には実は彼氏がいる。

エグハの依頼が来た時は驚いたけど、「人気モデルのあやかに出てほしい！」ってお願いされたら、断り切れないじゃん？　ゲームみたいなものだしって、渋々参加した……っていうのは建前。自然消滅しかけてる彼氏を、一度リセットしたかった。

ちょうどいい機会かも。エグハで次の恋を見つけられたら……ってドキドキと、台本のあるドラマじゃあるまいし、って気持ちが半分ずつ。期待しすぎるのもさ。

ただ……次に好きになる人は、とびきり私に甘くて、ちょっと臆病なくらいがいい。

まだまだ本性隠してるのかもだけど、りきくんイイ感じだな。

パクッといっちゃうかもね♡

「2フレーム目に入る前に……新たな指令が届きました。りっきー！」

「読みます！」

リョウヘイにうながされて、手紙を受け取ったりきくんが声を張る。

「ガーターを出したチームには罰ゲーム！　くじ引きで出た胸キュン、ハートマーク……な、シチュエーションを演じてください！」

胸キュンを『演じる』……？　どんなくじが仕込まれてるのか、ざわつく6人。

仕切り直してすぐ、ゆうへいくんがプロ級のカーブを繰り出した。見事に決まったスペア。「うますぎじゃない!?」って跳びはねて、喜ぶまぁみ。いい子だねぇ。

わざとガーターを出しちゃうようなワルい子はいないわけ？

記念すべき初ガーターはリョウヘイだった。なかなかのカッコ悪さに、綺麗とシンクロしながらギャアアアって絶叫。罰ゲームの胸キュン指令は……。

「頭ポンポンしながら胸キュンなことを言う……あたしがぁ!?」

こういうのは恥ずかしがった方が負けだ！　綺麗は早々に覚悟を決めた。

「りょーへい、ドンマイ！　今日いっしょに帰ろ♡」

「おっ……おぉう！」

「ひゃあぁ〜っ！　きぃちゃんかわいい〜……」

まぁみがトキメキに打ち震える。リョウヘイもしっかり照れてるわ。

それにしても、胸キュンの内容が中学生レベル。もう少し攻めたって……。

「あぁぁ〜〜〜っ!!　ごめんなさい、あやかさんっ……」

あ、ヤバい。りきくんがガーターを出して、ものすっごく申し訳なさそうに戻ってきた。

しょーがない、しょーがないって、励ましながら罰ゲームのくじを引く。

「なになに？　おんぶして……スクワットじゅっかい……」

「「イエ〜〜〜イ♪」」

綺麗とリョウヘイが肩を組んではやし立てる。

「ウザッ！　待って、無理なんだけど！」

「がんばりますっ」

りきくん意気込んでるけど、私がおんぶされるの⁉　無理なんだけど⁉


「いーち、にーい……ほらほら、もっとしっかり掴まって！」

「きれい、あんた、あとで覚えてな……」

「あやかさん、大丈夫ですか？」

「お疲れ様でした……」

りきくんがゆっくり下ろしてくれて、顔が見られないまま労ってみる。おんぶなんて、何億年ぶりにされたんだろう。あたし、重くなかったかな？　なんで軽々とスクワットできちゃうわけ？　ギャップってヤツか。くやしいけど、うれしい……。

ゲームも終盤。ガーター祭りのまぁみが、ゆうへいくんと何度目かの罰ゲーム。ハグも耳打ちも済ませて、最後の命令は『名前を呼び合って十秒見つめあう』。

「まぁみ」

「ゆうへいくん……」

モジモジしてるふたりを4人でニヤニヤと見守る。こういうシンプルなシチュが、わりと照れるんだよね。ねぇ、ゆうへいくんって見かけによらずウブなの？

まだ一日目の途中なのに、みんなの意外な面がどんどん見えてくるよ。

＊＊＊

結局、ぶっちぎりで優勝したのはまみゆへチーム。

ゆうへいくんはストライクを連発した上に、まぁみのフォローも完璧だった。

ふたりは一足先に渋谷のエッグハウスへ戻って、負けた2チームはスーパーで鍋パの買い出しをしてきたわけだけど……。


「ちょっと、まぁみチームのシチュが急にアダルトじゃない？」

「あたしも思った！」

「ちょいちょいちょい、縁起でもないなぁ君たち！」

リョウヘイが焦り出す。早く帰ろう、ってうるさい。私としては、人見知りのまぁみが少しでも踏み込めるように、ちょっと時間稼ぎしてあげたいんだよね。

綺麗も同じことを考えたらしく、代々木公園で休憩することになった。


「ボウリング楽しかったですね。ビリだったけど……」

りきくんが苦笑しながら、缶コーヒーを手渡してくれる。ビリだったから、私らで4人分の飲み物を買いに来た。先輩をパシらせんなよ、きぃいりぷ。

「せめて2位にはなれるかと思ったのに。俺がめちゃくちゃ足ひっぱったなぁ」

「楽しかったからいいじゃん。あ、ゲームとか本気になるタイプ？」

「そりゃあ……負けたくはない、ですね」

うんうん、超いいじゃん。

ベンチに腰かけて、りきくんを見上げる。何も言わずに隣に座ってくれた。りきくんがオレンジジュースを飲む。お昼はたまごサンド食べてたっけ。かーわいい♡

「ゆうへいくんウマかったなぁ。まぁみちゃんも絶賛してたし……」

「まぁみが気になる？」

「えっ？」

「今のところ、誰が気になってますかー？」

急だなぁ、って頭をかきながら口をもごもご。まぁ予想はついてるんだけどね。

「第一印象は、まぁみちゃんって言ったんだけど……」

「ふふふっ、絶対そうだと思った」

「絶対？　わかりやすいのかな、俺」

「想像したらお似合いだから。私とりきくんじゃ、姉弟感出ちゃってるかも」

「えっ？　弟じゃダメだな……あやかさんは、誰ならアリなんですか」

「誰だと思う？　第一印象で選んだの」

「う～ん……ゆうへいくん？」

「りきくんが良い、って言った」

スパッと伝えてみる。余裕に見えててほしい。でも、すでに顔が熱いな。

本当っすか？　って驚かれても、こくんと頷くのがやっと。

「……そっか。うわ、ありがとうございます」

「りきくんはあんまチャラ男っぽくないっていうか、私の周りにいないタイプでさ。ボウリングで意外と真面目そうだったから。俄然気になってる」

「意外と、恋愛はちゃんとしたいタイプです。……照れるなぁ」

照れ顔は見ときたいのに、横を向かれちゃった。右から覗き込むと左へそむける。

私の一個上なのに、そんな初々しい反応しちゃうんだ？　いたずら心がうずく。


「もうっ……そろそろ行きますよ！」

「きゃあっ⁉　ちょ、待っ……」

両手を取られて、引き寄せられるままに立ち上がる。少しよろけて、りきくんの肩におでこがぶつかった。今度は私が顔を見せたくない。

「んっ、なにもぉ～……びっくりしたじゃん！」

「あやかさんが、からかうから。仕返しです」

……返す言葉もありません。

前言撤回、やっぱりチャラい男が集まってる！

＊＊＊

「ぶっちゃけ、まぁみと組みたかったっしょ？」

綺麗がリョウヘイにぶっこんでる！　私はりきくんに握られたっきり、繋ぎっぱなしだった右手を放して（しーっ）と口元に指を当てた。

ぶんぶん顔を縦に振りながら、両手で自分の口を隠すりきくん。従順♡　ブランコに座る綺麗たちに、背後からそ～っと近づく。

「いやっ……うん、組みたかったね」

綺麗の指摘を正直に認めるリョウヘイ。まぁみとゆぅへいくんが罰ゲームで見つめ合ったとき、「見てらんない！」って騒いでたっけ。そのせいで、あのペアは余計に照れてたんだっつーの。

「なんか、男経験少ないからか、まぁみもやりとりがわかってないじゃん」

綺麗が片手ずつＬの字を作って、それを合わせて△にする。

「三角関係あるじゃん？　リョウヘイいるじゃん。まぁみいるじゃん……で、ウチ。ふたりがどうしようもないから、あたしが真ん中入ってる」
△を見ながら説明をきいてるリョウヘイは、よくわかってない表情。
「まぁみが、綺麗にリョウヘイを盗られてもいいんだねってときに『やっぱリョウヘイがいいわ』って思い始めたら、どうなんのかな～って」

「えっ……つまり、どういうこと？」

「まぁみがはっきりしないから、ウチは知りたい。結局どうしたいのかなって」

やっぱり、ごちゃごちゃ考えてたんだね、綺麗。面倒見がよすぎる子なんだ。経験値含めて、あんただってまだ少女みたいなもんなのに。

私みたいに、自分のためにガツガツしちゃっていいんだよ？

「待って待って！　綺麗的には、第一印象で誰がいいと思ったの？」

「普通に、リョウヘイ」

「えっ!!」

「リョウヘイが面白いやつって知ってるし。楽しいのがいいっていう、こっちの条件に当てはまってるから。今のところ……リョウヘイ」

マジで俺なの？　何度も確認するリョウヘイ。

動揺してる。わかるわかる、散々バカやってきた友達を今さら男として見れるんだ？

とは、私も思ったし。

「マジでリョウヘイって言ったけど、まだね。他の二人もちょっと引き出していかないとウチもわかんないですねぇ。ここから、遊んでいきたいと思います」

「……腹割って話してくれて、ありがと」

リョウヘイが告げた感謝は、どうしたって友達同士のもので。

『ここから遊んでいきたい』って、綺麗。やさしさで友達ふたりの間に立っちゃって、身動き取れなくなり始めてるよ？


「きぃりぷさん、マジで友達想いじゃないですか！」

「はいっ⁉　えっなに、りきくん……あやかさん⁉　いたんかいっ！」

「まぁみちゃんも愛されてるっていうか、ギャル同士の友情熱いっすね！」

「りっきーどうした⁉　俺もまぁみを愛してるけど！」

「全然わかんない。でもごめん、ふたりの話きいちゃった♡」

突然テンション高いりきくんが面白すぎて、盗み聞きしてたことは怒られずに済んだ。それでもやっぱり綺麗は、話を聞かれたのが恥ずかしいみたい。

「帰ろ。いい子だね、綺麗は」

背中をポンポン叩いてやったら、「知りたいだけですよ」と口をとがらせた。

「すねない、すねない。うちらはさ、もっとエグハ満喫していいんだよ」

自分が主役のドキドキできる恋しよう？　ねっ。

＊＊＊

渋谷のハウスに着いて、玄関からリビングまで忍び足で向かう。

どうせなら優勝チームの雰囲気を偵察してやろう、って魂胆。

「なんか……静かすぎない？」

綺麗が小声で言う。音を立てないように少しだけ開けたドアから、４人で縦になって中の様子をうかがう。

見えたのは……床の上でもつれあってる男女の足。

「やばっ」

「どあああああっ‼　けしからーーーーーん！」

「わっわっ、あぶないって！」

リョウヘイが叫びながらリビングに転がり込む。バランスが崩れて、私たちまでなだれ込んでしまった。ぐえぇ～って、誰が上げたかわからないうめき声。

ゴツン、頭に何かぶつかった。……ボウル？

重なった足が見えたキッチンに目を向ける。

「きぃちゃ～ん、あやかさぁ～ん……」

今にも泣きそうな声。同じ目線にある、まぁみの顔。真っ赤に茹で上がって、床に倒れてる。その上には……。

ゆうへいくんが、まぁみを押し倒すように覆いかぶさっていた。

Season1 chapter.3 〈まぁみ〉

小田愛実、十七歳。みんなには『まぁみ』って呼ばれてます。

いつか、白馬が似合う王子様みたいな人と出会って幸せになりたい。

なーんて、思うくらいには恋愛気質。だけど、王子様が選んでくれるほどの魅力が、あたしにあるかは自信ない。行動と決断は慎重に。夢見るチキンの生き方です。


「はあぁ～……疲れたぁ！」

「マジで疲れた～」

「まぁみ、最後の方は腕上がんなかった……」

椅子に座ってテーブルに突っ伏す。

ボウリング大会が終わって、きぃちゃんとあやかさんたちは買い出しに行っちゃった。今は、ゆうへいくんと家でふたりっきり。

ぶっちゃけ気まずい。疲れたし、寝たふりしちゃいたいな・・・。

「気まずいですね。なんか」

ゆうへいくんに言われて、ギクッとした。

「そうですねぇ。急にふたりっきりは、緊張する……」

あ、緊張してるって言葉にしたら、逆にちょっと落ち着いてきた。急にみんながいなくなって気まずく感じてるのは、ゆうへいくんも同じなんだ。

「まだ1日目だし！　えっと、人見知りしますか？」

「僕ですか？　軽く」

「軽く」

「女の子とか、相手がガーンって来たらガーンって行けるんですけど。こう、チョンチョンって来たらチョンチョンってなる。今、チョンチョンって感じですね」

「なるほどぉ……よしっ、チョンチョンはダメだな」

なにこの会話？

チョンチョン言いすぎ。指でつついてチョンチョン。じわる。

「ゆうへいくんって、たまに変だよね。ボウリングの時も、ストライク決めたら普通ガッツポーズとかするのにお辞儀してたし。おもしろいっ」

「変ですか？　面白いって言ったら、リョウヘイくんの方が……」

「伊藤……あ、リョウヘイは狙ってるから。天然には勝てないかなぁ」

そういえば、伊藤とゆうへいくんは一歳差なのに、落ち着き方が違いすぎる。

ゆうへいくんは最年長。でも、誰より敬語がしっかりしてる。ただでさえ人見知りのまぁみは、もはやバイト面接みたいな感覚になってきました・・・何話そう？


「そうだ！　どうですか。今、気になる女の子います？」

「あぁ……ふたりで迷ってんすけど。第一印象は、きぃりぷちゃん。あの……ドレッド？　あれ、かっこいいっすね」

「うんうん、最高に！　きぃちゃんはわたしとタメなんだけど、モデルとしては先輩なんです。憧れる部分がいっぱいあって。あっ、出身地も同じ！　ふたりとも茨城で、茨城っていっても広いんだけどぉ……待って、ひとりで超しゃべってる」

ゆうへいくんが、ふっと笑った。

「いいですね、仲間って感じで」

め、目がやさしい!!　やっぱり年上ってすごい。包容力がすっごい。

年上と付き合うって、どんな感じなんだろう？

「あの……ふたり迷ってるって、もうひとりは？」

「もうひとりは……あやかちゃん」

「わたしじゃないんかいっ」

人生初の年上彼氏を妄想するヒマもなかった。

「あははっ、逆にまぁみちゃんは誰ですか？」

まだそんなに話してないから、なんとも言えないんだよなぁ。でも、第一印象でかっこいいなって思ったのは、りきくん。3人の中で、いちばん白馬と相性いい。

それを伝えると、「かっこいいよね」って同意してくれた。

「でも……どう接していいかわかんない。女の子とけっこー絡みます？」

「いや、僕はそんなに絡まないっす」

「ぜったいウソですよね」

「これガチっす」

「絶対ウソ！　慣れてそう！　大人だし！」

「いや全然です」

見た目からしてチャラいじゃん！　偏見よくないと思いつつ疑惑の目。

さっきまでの気まずさが薄れて、気付いたら楽しくなってた。


みんなが帰ってくる前に鍋パの準備しとこうってことで、キッチンに移動した。

包丁、まな板、ざる、ボウル、ミキサーまで。調理器具は一通りそろってる。

こういう場所でお泊り会するの大好き！　男の子がいるのは初めてだけどね。

吊り棚を開けたら、大きいお鍋を発見。

踏み台に乗ってるのに、ちょっと届かないから背伸び。手を伸ばす。

「うぅ、けっこう重い……」

「テーブル拭いたんだけど、カセットコンロとかって……」

「あっ、ありがとうございま……うわぁっ⁉」

「まぁみちゃん！」

踏み台から足がすべって、お鍋が降ってくるのが見えた。ぎゅうっと目をつぶる。

ドンッって衝撃があって、ガンッとかゴロンッとか大きい音がして。

でも、痛くない・・・？　それから、あったかい。ゆっくり目を開けた。

「ゆっ、ゆうへいくん大丈夫⁉」

彼のがっしりとした腕が、まぁみを守ってくれたんだ！

「だいじょーぶ……でも、ごめ、背中打ってちょっと動けない……」

「まぁみこそごめんね！　お鍋当たっちゃった⁉　ほんっとごめん、って……」

ねえ、ゆうへいくん、今、まぁみの上に乗っかってる？

今の状況を把握して、一瞬で体中がぼんって熱くなった。

あ〜〜〜っっっでも動いちゃダメだよね！　背中痛いんだもん・・・。

「どあああああっ‼　けしからーーーーん！」

「わっわっ、あぶないって！」

大声といっしょに、ドサドサドサーッて、またまたすごい音がした。驚いて声も出なくて、ドアの方を見る。あやかさんと目が合った。その上には、きぃちゃん。

「きぃちゃ〜ん、あやかさぁ〜ん……」

みんないつ帰ってきたの？　わかんないけど、この恥ずかしすぎる状況をどうにかしてほしい・・・そう願ったら、ゆうへいくんがむっくり起き上がった。


「あぁ〜っ、いってぇ……死んだかと思った」

「こっちのセリフだぁ〜〜っ！」

「リョウヘイ、どうどうっ」

きぃちゃんが伊藤をなだめる。

「まぁみい、なんかキッチン凄いけど……事故った？」

「うぇ〜ん……ありがとうございます……」

あやかさんが手を貸してくれて、わたしも起き上がる。

周りに散らばってるお鍋とかボウルを見て、あやかさんは適当に察してくれたっぽい。はい・・・いろいろと、事故りました(泣)。

「マジで初日からヤッてんのかと思った」

「ぎゃーーーーっ!!　そんなわけないでしょぉ!!」


このあと、だいぶ冷やかされたけど経緯を説明したら信じてもらえた。

伊藤は、なんかしつこかった。ゆうへいくんが「ケガしてない?」って心配してくれて、泣きそうになっちゃった。ほんとに、まぁみってダメダメだ。

困った時は無理しないで、人を頼った方がきっといいんだよね。

でも、失敗を引きずるのはもっとダメ。


「ゆうへいって、見た目によらずシャイだよね」

お鍋に入れるチーズをつまみ食いしながら、きぃちゃんが言った。

「シャイっすか?」

「敬語やめない?　ゆうへいくん年上だけど肩苦しいし」

「じゃあ、タメ語で」

あやかさんの提案で、これからは全員タメ語でいくことに決まった。

うれしい、もっとみんなの距離が縮まりそう。気持ち切り替えてかないと!


「白菜と豚肉のミルフィーユ鍋でーす!」

「わあ~っ!　めっちゃうまそうですね!」

りきくんが目をキラキラさせてる。まぁみのおなかも、ぐうぅ~って鳴いた。

なんだか今日は、いろんな意味でカロリー消費した気がするなぁ・・・。

お箸を持った伊藤が手を合わせた。『いただきます』のポーズ。

「では、ゆうへいくん。面白おかしく今日一日を振り返ってくださいっ」

「さっきのこと根に持ってんじゃん!」

きぃちゃんが笑って、まぁみを見た。

えっ、さっきのことってお鍋事件のこと?

「人聞き悪いぞ。ささっ、ゆうへい氏」

「はい。今日はとても楽しい一日になりました。いただきます」

「ぎゃはははっ!」

ゆうへいくんがさらっと挨拶したから、みんな爆笑。

最年長の黒肌ギャル男がお行儀いいの、ずるいよね。あやかさんは、鍋の取り分けがヘタなところにもだいぶツボってた。たのしいな。夜って3日しかないの？

＊＊＊

晩ごはんが終わって、まったりタイム。男子組は指令を受けて隣の部屋に移動した。

エグハ初日、最後に届いた指令は正直エグい・・・。


『明日はピンデート♡　男子メンバーがデートに誘いたい女子の名前を紙に書く』


「ねえっ……これって、まぁみだけお誘いが来ないこともある⁉」

「いやいや、そんなわけ……あるならウチなんだけど⁉」

「まぁまぁ、なるようにしかならないって。手紙、読むよ？」

あやかさんが手紙を広げる。

封筒に書いてある名前を見てドキッとした。伊藤のだ。

「リョウヘイが指名したのは……えっ？」

「うええぇーっ!?」

きぃちゃんと同時に変な声上げちゃった。だって、伊藤が選んだのは・・・。

「なんでまたウチ？」

「たしかに！　ボウリングしたのにね」

「見て、『いっしょに遊びに行きましょう』とか。こいつデートする気ねぇな！」

きぃちゃんは伊藤に不思議がったり、怒ったり。でも、うれしそうにも見える。

まぁみはなんだか胸の中がざらっとして、とりあえず笑ってみた。

「これは読めなかったわぁ。まぁみ、次は誰の開けたい？」

「えっと……じゃあ、ゆうへいくん！」

「おっけぇ……おおっ、『楽しい時間を過ごしましょう』」

「Ｄｅａｒ．あやかてぃーん！　いいっすねぇ～」

３人でヒュウ～♡　いいなぁ～大人なゆうへいくんとなら、ちゃんと楽しいデートになりそう。最後は、りきくんの手紙だけど・・・。

「どうしよう！　ほんとにまぁみだけ余ったら……あっ！」

「ほらぁ、まぁみじゃん！　やっぱお気になんだって」

「りきくん、第一印象はまぁみが良かったらしいよ。同じだね」

「うっ、うん……よかったぁ！」

余り物にならなくて安心したんじゃない。第一印象でいいなって思ったりきくん。

今日は喋るタイミングが全然なかったから、誘ってくれてすっごくうれしい！

「でもさぁ、ゆうへいって『女は抱ければいい』とか言ってたじゃん……シャイだと思わせといて、デートがくっそチャラかったらどうします？」

きぃちゃんが悪い顔であやかさんを見た。

「え？　全然アリ」

「出た〜っ！　あやかさんも肉食系だからなぁ……あれ？　っていうか、いつのまにフリーになったんですか？」

「……秘密♡」

「ぎゃっ」

あやかさんのウインクに被弾した・・・すごいなぁ。魔性の女感って、どうやったら出せるんだろう？　きっと、今日のキッチンでのハプニングだって、あやかさんなら恋のチャンスに変えられたはず。

きぃちゃんも、伊藤との関係が変わり始めてる。何が起きるか予想できないエグハを、ふたりはすでに楽しんでるんだ。置いてかれないようにしなきゃ！

人見知りだとか、後輩だとか。経験が少ないだとか、そんなの言い訳だよね。

まぁみも、明日のデート思いっきり楽しむぞっ♡

Season1 chapter・4 〈あやかてぃーん〉

ピンデート当日。江ノ電に乗って、七里ヶ浜にやってきた。
今日は朝6時起きでシャワー。メイク1時間。服は寝る前に決めといて正解。
髪はウェーブのロングスタイル。シールエクステで盛って、初日の無難さを消した。
気合いが入るシルバーのハイトーンカラーだよ。
今のウチ的に、やっぱロング×ウェーブが最強♡
もちろん、肩は引き続き出していく。昨日はあざとく、今日はエロめ。

「気持ちい～っ！　海とか最高じゃん！」

「めっちゃ晴れてるね！」

駅の改札を出て、並んで歩く。

ゆうへいくんはそれなりに身長あるから、厚底も気にせず履けちゃうわ。

「あった、この店だ」

「なに？　超イイにおいする！」

ゆうへいくんお目当てのカフェに入る。フライドポテトとシェイクの専門店なんだって。海沿いのカフェって時点で推せるし、白い店内も海外っぽくてかわいい。

「オシャレな店知ってるんだね」

「インスタで見てさ、美味しそうだから。一緒に来たいと思って」

「めっちゃインスタ映え。かわいい！」

ゆうへいくんも初めてきたんだ！

リサーチしてくれるのポイント高いな。しかもセンスいいし。ポテトの写真を撮る。

なんか、盛り付けも凝ってるわ。

「木がね、おしゃれなんだよ。ポテト支えてるやつ」

「木？　わかる、流木みたいなコレ……」

「とにかく映える」

「やば、めっちゃウケる」

ふたりとも辛いのイケるってことで、ポテトのソースはスウィートチリと、間違いないチェダーチーズにした。シェイクもおいしい♡

「今日、来てくれてありがとね」

「うん、むしろ絶対来たいと思ってた！」

「俺も楽しみにしてた。なんか今日、雰囲気ちがうね」

「それさぁ……、初日は化粧も服装も、めっちゃ可愛い子ぶって行ったの。ちょっと、引かれるかな〜と思って。化粧もほら、全然濃いし……」

言葉が詰まって、いちごシェイクをひとくち飲む。

「今日は、ザ・リアルウチで来た」

「いいよ。今日のほうが可愛い」

「……ん、可愛い子ぶるのやめた」

ぅっわぁ、にやけそう。即答で「かわいい」は刺さるから。

「これ食った？　めっちゃウマいよ。はい」

丸型のポテトが口の前に来た。思わずひとくちカジったけど……。

「もごっ……ねぇデカい！」

「ごめんごめん。小さいのにすればよかったね」

笑いながら、ウチが食べきれなかった半分をパクッと食べた。

ポテトの「あーん」といい、いちゃつくのがナチュラルすぎない？

綺麗が言ったとおり、男子の中で一番チャラいのかも……。

「あのさ、デートの相手なんでウチだったの？　超意外だった」

「意外？　なんかさ、鍋作った時に喋ったじゃん？」

「喋ったね。楽しかった」

「うん。だから、もっと知りたくなった。あやかちゃんのこと」

「ありがとう……じゃあさ、あやかって呼んで？」

目を合わせて言ったら、驚いた顔。

それからアゴの髭を指でちょいちょい、って掻くように撫でて、はにかんだ。

「じゃあ、俺のことも『ゆうへい』でね」


他にも連れて行きたいところがあるから、行こう。

シェイクを飲み終わった頃、そう言われてカフェを出た。ワクワクする。

次はどこに行くんだろう？　どんな気持ちになるんだろう？


今度こそ、ウチが相手を振り回すくらいの恋愛がしたい。そう思ってたけど。

なんだかんだ、こうしてリードしてもらえると胸が弾む。自分勝手なわけじゃなくて、楽しみたい、いっしょに楽しもう、って気持ちがある人が好き。

今の彼氏とけっこう長く続いたのは、そんな私を知ってくれていたからだ。


『あやかは、本当は自分が甘えたい子だろ？』

自分自身も知らなかったこと——昔から、なぜか友達に相談されたり、先生にクラスのリーダーを頼まれたりした。『しっかりしてる』『姉御肌だよね』なんて言われてきた。

かっこいい女でいたいから、頼られるのは悪くない。でも、後ろに人が並ぶより、本当は隣に誰かがいてほしい。肩に頭を乗せたら、やさしく撫でてくれる人が……。


今カレは、私がモデルとして波に乗り出してから、いつもつまらなそうだった。

私の交友関係は上から下まで広がったし、仕事の悩みは仲間に打ち明けた。社会人的マナーだって身についた。

超大人に見えてた年上彼氏は年相応だって気付いたけど、全然好きだった……でも、会うといつも不機嫌。

私の世界が広がっていくことが面白くないんだよね。

ねぇ、あんたの前だけで悩んだり甘えたりして、知らないことが多い女の方がよかった？

＊＊＊

「あやか、お揃いのやつ買おうよ」

「おそろい？　いいよ。どれにする？」

ゆうへいが次に連れてきてくれたのは、ハワイアンジュエリーの店だった。シンプルに見えて、めずらしいデザインの一点モノも揃ってる。

「この指輪かわいくない？」

「指輪っ？」

「ダメ？」

「いや、全然いいけど……」

ゆうへいはいいんだ？　え、ウチが考えすぎ？

「あっ、ほんとだ。かわいい……」

「よし、これにしよう」

さくっとお揃いで買っちゃった。

ハワイの伝統的な模様が入ったピンキーリング。

「じゃあ、左手に俺がつけたいにゃーん」

「にゃんって」

笑うから。こっちはちょっとドキドキしてるってのに、余裕じゃん。

そう思ったけど、小指に指輪をはめてくれたゆうへいの手は、すっごく熱かった。

「スクロール、そう呼ばれる波の模様は海の象徴。自由や変化を意味します」

「へぇ、なんかいいっすね」

店員さんの解説を聞きながら、それぞれの小指にはまった指輪を眺める。

「小さいお花は、ハワイで愛されているプルメリアです。女性の魅力をさらに引き出して、幸せに導いてくれるんですよ」

お揃いのTシャツまで買ってショップを出る。朝よりも強くなってる日差しに目を細めた。顔の上に左手をかざすと、リングがキラキラと輝く。

「プルメリアって見たことある?」

「本物はないかな……でも、今のウチに必要な花かも」

何言ってんだろう、私。

「海、行こうよ」

左手をとって、ゆうへいが歩き出す。歩くの早いよ。手を繋いでるっていうより、連行されてるような……あぁ、変なこと言っちゃったな。

防波堤に登って海を見た瞬間、ふたり同時にわあっと声が出た。

暗くなった気持ちが一気に晴れていく。

「超ひっろい！　青い！」

「これはやべぇわ。写真撮る？」

「撮る撮るっ」

バッグからスマホを出して、カメラを起動しようとしたら、ロック画面に着信通知が表示された。手が固まる。なんで今さら、このタイミング？　また一瞬で曇り空。

「……どうしたの？」

「いや、ちょっと……着信来てた。でも緊急じゃないから、」

「彼氏から？」

「……え、なんで？」

「いるのかなぁ、って。なんとなく思った」

……沈黙って、肯定だよね。まずい。謝らないと。

ほぼ終わってる相手だから、って……謝る？　まだ付き合ってもないのに謝られても困るって。でもさ、朝からずっと楽しかったのに騙してたみたいでひどいじゃん。

　本当に騙してたみたいだ。だって、こんなに楽しいなんて思わなかった。

「ごめんなさい……」

「えっ……なんで謝るの！」

「あやまるべ普通〜……」

「べ⁉　な、泣かないでっ」

泣かない。絶対泣くな。しゃがみこんで、膝に顔をうずめる。

ゆうへいは、「なんか事情があるんでしょ？」って、ウチの頭を撫でた。

「俺は一般人だけど、あやかはモデルさんだし……そもそも、素行が悪いの集めてんだから、数股かけてる奴がいても問題ないって」

「いや、それは問題だわ……なんで彼氏いるって思ったの？」

「……プルメリアの話した時に、『幸せ来い！』って顔してなかったじゃん」

「どんな顔でしたか……」

「幸せになっていいのかな、って顔」

じわっと、耐えたはずの涙がぶり返した。

自分の気持ちも整理したくて、彼氏との状況を一個ずつ説明する。

距離を置きたいって話を、忙しさでうやむやにされたこと。一ヶ月以上は連絡が途絶えていたこと。何より、今の私を愛してもらえないこと。

説明してたら、もう気持ちは戻らないって気付いた。思い出が邪魔してただけだ。


「中途半端ってことなら、俺も同じかも」

同じって、なにが？

気になって顔を上げると、ゆうへいに見つめられてててドキッとした。

目を逸らす。ゆうへいの向こうの、江の島を見る。

「俺は、一ヶ月くらい前にフラれてさ」

「彼女に……？」

「そう。未練あったから……最後のＬＩＮＥ、まだ返せてない」

「ゆうへいの中では終わってないんだ」

「今、終わったかも。きっぱり終わらせたいな。一緒にどう？」

「うん……終わらせる」

今、電話には出られない。ごめん。もう会えない。自分を大事にしたい。

でも、今まで本当に楽しかった。ありがとう。……そういう気持ち。

――ふたり同時に、せーのってメッセージを送った。

「わぁ～……送っちゃった！」

「っしゃ！　砂浜まで降りよう。乗って！」

「えっ、何その手……おんぶ⁉」

まさかの、ボウリング以来のおんぶ。正直めっっっちゃ恥ずいけど、りきくんにされた時より安定感があった。肩に腕を回して、ぎゅーって抱きつく。

『あやか♡ゆうへい』

ビーチをちょっと歩いてから砂に書いた文字。ベタだねって笑い合いながら、丁寧に書いた名前。おそろのピンキーリングを添えてパシャリ。それからカップル風ツーショも。６人共通のグループトークに送信したら、すごい勢いで反応が来た。

『お似合い‼』『海行ってる！』『指輪ヤバい』『かわいい』『普通にカップルの写真なんですけど』『ペアルックキモいです　嘘ですうらやましいです』


綺麗とリョウヘイからチンアナゴのぬいぐるみを抱えたツーショが送られてきた。

1枚目は家族写真？　2枚目は、ぴったり寄り添っててイイ感じ。

「あ、ちょっと負けてるね」

「ウチらも取り返そ？」

乗ってきたゆうへいにバックハグされて、むき出しの肩が熱いのバレちゃいそう。

顔をぴったりくっつけて、今日イチオシの超ラブラブ♡ショットが撮れた。


浜辺から防波堤に上がる階段で、何も言わずにさらっと手を差し出される。

やばい……ちょうかっこいい。

海に来る前の、強引なゆうへいとは違うね。歩幅も合わせてくれる。

ちゃんと手をつないで。今度はちゃんと、私からも。

＊＊＊

「こっちのペアは全然デートじゃなかった！」

夕方5時半からは全員でバーベキュー。

横浜の会場へ向かう途中、近くにいた綺麗と合流した。

グループトークの反応を見るに、デートの満足度でスネてるみたいだったからね。

事情を察したゆうへいは、先に会場へ行ってくれた。

「それにしても、ロッククライミングかぁ。ネイルした手でやりたくないな」

「まぁ、楽しかったんだけど……誰とやっても楽しいし！」

「1個もなかったの？　ときめきポイント」

腕を組んで、綺麗がう～～～んと頭をひねる。

「あっ！　メリーゴーランドで馬から下ろしてくれたのはよかった。それくらい」

「へぇ。できるんだ、そういうこと」

「一応やっておきます、みたいな」

「結局さ、まぁみ誘わなかったのはなんで？」

「ウチも詰めたんですよ。そしたら……」

両手で△を作る綺麗。

「綺麗と遊んだらどうなるのかな？　だって！」

どうなるのかなって……あんたら、同じこと言ってるじゃん。
△越しに、目力死んでる目。迷子の子犬みたい、まつ毛バッサバサの。
「あやかさんたちの写真みたいなキュンキュンがないって言ったら、『なんかもう熟年夫婦みたい』……って！　わかる、ぶっとばすぞ⁉︎」

「あはっ！　わかっちゃってるし」


綺麗はリョウヘイと時々つるむようになってから、4年以上は経ってるらしい。まぁみも一緒に遊ぶようになってから長い。思い出もそれなりにあると思う。

三角関係って言っても、取り合いをするような段階じゃなくて。綺麗は、エグハの中で誰かを意識しなきゃって、頑張ってみただけだよね……そう踏んでたんだけど。

「綺麗は、ちゃんとしたデートにしたかったんだね」

「へえっ⁉︎　な、なんですかいきなりっ」

「うれしかったんじゃないの？　リョウヘイに誘われたのもさ」

「……やだなぁもう。お見通しじゃん」

場数踏んでるあやかてぃーんだからね。ただ、素直に認める綺麗はちょっと予想外。

「ウチ、こう見えて恋愛は慎重派なんで……リョウヘイの純ってか硬いとこ、いいなって思ってて……けっこー前から。だからまぁ、バリバリうれしかったですね……」

「結構前から？　それは全然、そう見えなかったわ」

予想外の連続。歯切れの悪いきぃぃりぷだって超絶レア。キャラブレするくらい、今日が散々だったんだ……。バーベキュー会場が見えてきて、綺麗は足を止めた。

「あのふたり、どうにかなれるんですかね？」

「さぁねえ……白黒つけてほしいけど。迷子の子犬がよけい心配になっちゃった」

「子犬って、ウチのこと⁉　噛みつきたい気持ちはあるけど！」

「噛みつくどころか、小さく丸まりかけてたじゃん？」

「……ガツンとわかっちゃいましたから。リョウヘイとウチは、どうこうならないって」

綺麗をけなげな子犬にしたリョウヘイには、取り急ぎお灸をすえたい。

その後のことは、きっとまぁみ次第かな。

目の前に前例があるように、友達から恋愛モードに切り替えるのは難しいよ？

Season1 chapter．5〈まぁみ〉

『肌の血色が死んでる』

寝起きの感想はこれ。ピンク下地とコンシーラーで、目元はなんとか生き返らせた。

髪色はユニコーンカラーからミルクティーベージュに変えて、コーデも甘くなりすぎないように黒で引き締めた。横浜だし、大人っぽいデートがしたくって。

そしたら、まさかのりきくんも、まぁみと同じ黒のライダース！

「ペアルックみたい」って言われて、むしょうに照れた。髪の色にも気付いてくれて、女の子のツボがわかってる感じ。絶対モテるよね、りきくん。

「ラクレットチーズがおいしいお店に行こう」ってなったところまでは、幸先いいな♡って気分だった。でもね？　ぶっちゃけ、チーズ重かった・・・。

だって昨日は、仕事のせいで全然眠れてないんです！

りきくんも寝不足らしくて、ふたり揃ってエンジンがかかんない。

食欲も微妙なまま、チーズはどんどん冷めていった。会話も続かない。

「好きなタイプは白馬の王子様♡　白い馬に乗って迎えに来てくれる人！」

「あ、白馬ってそういうことか……」

「頭イカれてるんですよ、わたし」

「夢見すぎだよ笑」……的な返しはなくて、苦笑＋汗の絵文字顔。


ラクレットチーズ、冷めてもよく伸びるね〜♡　はぁ、ツッコんでほしかったな！

っていうか、好きな人のタイプとか、よく遊ぶ場所とか。エグハ初日の自己紹介で話さなかったっけ？　興味、持たれてないのかなぁって思った。

デート前半のこと愚痴っといて、わたしの質問もへったくそ。

「趣味は？」「好きな食べ物は？」って、お見合いじゃないんだから。

でも、お見合いの方が王子様って見つかるのかな？

今まで好きになった人は、もともと友達だった。その人のことをよく知ってからじゃないと恋なんてできないから。それでいて、好きな人と付き合えたことはない。告白が失敗したら、友達ですらなくなっちゃうよね？　それが怖い。成功パターンだって怖い。恋愛は友情より長持ちしない。別れたら、友達にも戻れない。

友達として相手を知っていくより、お見合い↓白馬の王子様が来る↓お互いを知っていく↓運命を感じる↓結婚。まぁみは、これを目指すべきかもしれない！

＊＊＊

赤レンガ倉庫のショップを覗いたあと、山下公園を散歩してベンチで休憩。

スマホを見てみたら、他のペアから中間報告が来てた。食べたものとかツーショの写真を見て、みんなめっちゃ楽しそうでびっくり。

こっちの空、そちらと違ってどんよりしてるんですけど？

遊園地とか水族館をリクエストした方が、もっとイベント起きやすかったかなぁ。

「なんか……すごいね。みんなカップルっぽい！」

「指輪とか攻めてる。俺らも買ってみます？」

「あ〜……指輪は苦手なんだよね。金属アレルギーでさ」

いや、事実なんだけど断り方！

「あ、そっか……実は俺もあんまりしないかも……」

こういうところですよね、はい！

せっかくピンデートに誘ってくれたのに、申し訳なくなってきた・・・。


「ごめんね。デートなのに……なんかこう、色気がなくて」

きゃっ♡　みたいなさ？

気まずくならないように、冗談っぽく謝る。

「俺がごめんだよ！　エスコート下手だし、面白い話もできないし」

「あはっ！　それはしょうがない。うちら朝テンション低かったしね」

りきくんが、ずいっと詰め寄ってきた。

りんご3個分くらい空いてたふたりの間が、1個分になって心臓が跳びはねる。

「まぁみちゃんは、やっぱりやさしい！」

「んんっ⁉　どうしたの急に……」

「顔はもちろん世界一かわいいし、声も笑顔も元気もらえるし、おしゃれにポリシーがあって、デートを盛り上げられないこんな俺にも優しくしてくれる！」

「待って待って待って⁉」

「白馬の王子様だなんて夢見がちだけど、インスタとか見てればわかる！　まぁみちゃんは自分の考えをしっかり持ってる！　恥ずかしがり屋だと思ってたけど、実は結構サバサバしてて、こんなの、一緒にいたらみんな好きになるに決まってる‼」


足元にめっちゃちゃいた鳩が全部飛んでった。

顔を真っ赤にして、ぜーはーしてるりきくんを見る。

あのぉ、何が起きてますか？


「俺、まぁみちゃんの大ファンです！」

＊＊＊

夕方から始まるバーベキューの会場に向かいながら、りきくんはいろんな話をしてくれた。今日イチ話が弾んでて笑っちゃうよ。

まぁみのツイートを友達のリツイートで見つけてから、ＳＮＳ追ったり雑誌を買ったりするほどのファンになってくれたみたい。

さっきは急展開すぎて頭が真っ白になったけど、たくさん情報チェックしてくれるファンだなんて、純粋にうれしい。


「エグハのオーディション受けた時は、その話したの？」

「いや実は、黙ってて……下心あるファンが出たら炎上でしょ」

「おっと、下心はあったんだね？」

「リアコです」

リアコですか。面と向かって言われることあるんだ・・・。

「この企画をきっかけに、マジでお近づきになりたくてですね……でも、近くにいたらめちゃくちゃ緊張するし、喋り出すとキモいことになるから」

「キモいわけないじゃん！　超うれしいよ？」

りきくんの喉が、ごくんって動いた。

「えっと、じゃあ……手とか握ってもいいですか」

「手？　はい……どうぞです」

雰囲気がガラッと変わって、ちょっと戸惑う。りきくんと右手が重なる。

握られた手にぎゅっと力がこもったから、強く握り返した。ちょっと震えてる。

うん？　待って、なんかこの感じエグハではなくない？　これは・・・。

「握手会みたい……」

「ちょっと！　台無しだって！」

「きゃはははっ！　だ、だってさぁ……」

よく考えたら、手を「繋ぐ」じゃなくて「握る」って。りきくんが言ったんだよ？

笑うと苦しくって、反対の手でおなかを押さえた。ゆっくり、目の前が陰になる。

「えっ……」

唇のはじっこ。ギリギリのところで、ちゅって音がした。

「りっ……!?　りっいっいっ、今!!」

「下心。あるって言ったでしょ？」

何も言い返せないし、心臓がバクバクしてヤバい。

「そろそろ、会場行かないと……」

手を引かれて歩き出す。さっきおなかを押さえた手で、キスされた場所をさわる。

握手は握手じゃなくなってて、これはもう、立派な手つなぎデート。

「チャラいファン、出禁です……」

「うわっ、それは痛すぎる……退場?」

「……イエローカードかなぁ」

じょーだん。りきくんは王子様候補だったから、セーフだよ。

うわあぁ〜って、自分の頭をボカボカ殴ってるりきくんに笑ってたら、会場が見えてきた。

「あーっ！　集合場所、あそこじゃないっ?」

ちょっとわざとらしかった?

なんとなく、手をつないだままは良くないと思って。手を振りほどいちゃった。

りきくんは、「腹へってきたね」って笑ってくれた。

＊＊＊

「それでは、本日は皆さん！　お疲れ様でしたー！」

かんぱーいっ！

全ペアが集合して、バーベキューの前に報告会が始まった。

「僕はちょっと衝撃の噂を聞いてしまったんですけど……あやかてぃーんとゆうへいくんが手を繋いだらしいです。実際のところどうなんですかね？」

乾杯の音頭をとった伊藤がさっそく切り込む。

「どう思いますか？　あやかさん」

「どうなんでしょうね。ゆうへいさん」

なんかこのペア、すでに息が合ってる・・・。

「ちょっとだけ聞きたいよ〜！」

「ダメ」

ゆうへいくんが即、却下。

これはシャイな部分のやつ？　それとも独占欲？

「写真ならいいよ」

あやかさんが見せてくれたのは、砂文字の『あやか♡ゆうへい』。

それを背景に、恋人つなぎをしてる写真だった。かわいすぎ！

「手つなぎバージョン⁉　これキュンってした〜！」

「ほら、デートってこういうもんじゃん！　手なんか繋いでないわぁ〜」

まぁみが興奮したら、きぃちゃんは伊藤にクレーム。

ふたりはどんな風に過ごしたんだろう？　水族館の写真は仲良しだったな。

「えっ？　繋いだよな」

えっ、つないだの？

伊藤がスマホをいじって写真を出す。みんな前のめり。

「これは……肩組みだね」

「ナイトクラブのパリピでしょ？」

「水族館だから！　薄暗いけど！」

たしかに、見えた写真は肩を組んでるふたりだった。友達のように見えるし、だけど伊藤は決め顔で判定しづらい。なんなのその顔？

「俺とまぁみちゃんも手は繋いだよ。ね？」

「へっ⁉　あっうん、うん。ねっ！」

ビビった。りきくん、どーゆうタイミングで張り合ってんの⁉

「えっ、えっ……どの場所で？　どういうシチュエーションで？」

「えーっと、公園から赤レンガに移動して……」

「あ、聞きたくねぇ」

自分で話を広げといて、耳をふさぐ伊藤。

「普通に歩いてて、手ぇ繋ごうってならないじゃん？」

そう言われたら、そうだね。普通ではなかったですね、と思う。

りきくんは「なりゆきだよね」ってかわしてくれた。

「どっちから繋いだの？　いや、それも言わないで！」

「リョウヘイうっさい。自分の情けなさを思い知れ」

「俺も精一杯だったって！　みんなほんとチャラいよ、やだ！」

もしかして、わたしとりきくんが一番チャラかったのでは・・・？

キス未遂を思い出しかけて、頭をぶるんって振る。顔に出るとヤバい。
・・・ねぇ実際、みんなはどこまで進んだの⁉
「精一杯だったリョウヘイへの不満その２。朝集合で遅刻」

「げ、マジで？」

あやかさんが顔を引きつらせた。

「十五分くらい……まぁまぁまぁ、許されるでしょ」

「でも女の子待たすのはねぇ」

「ありえない」

あやかさんに同意したら、ぴっ！　って伊藤が固まった。

「……まっ、遅刻はジェラートで詫びてもらったからね」

きぃちゃんの助け舟。こういう、心が広いところにも憧れちゃう。


「遊園地デート、すげぇ楽しそうだったけど」

りきくんがつぶやいた。そこ、気になるよね。

わたしも、遊園地なら会話が途切れたりしなかったかもなぁって思った。

「楽しかったんだけれどもぉ……寂しい女でした。今日は」

でもきぃちゃんは、人差し指同士をくっつけて、いじいじポーズ。

「なんで？　超楽しかったじゃん」

「楽しいだけがデートじゃないっ！」

あ、名言。

「恋愛的に、リョウヘイはウチをよく知ろうとは思ってなかったね。シンプルに遊んだだけ。濃厚な感じのやつ……そういう系、ちょっとやってみたかった」


きぃちゃんは伊藤に「そういう系」で来られて、対応できるってこと⁉

そういう系の伊藤と自分に置き換えようとしても、まったく想像できない・・・。

それはともかく！　『楽しいだけがデートじゃない』は名言でしょ？

楽しいのが一番。かといって友達モードで居心地いいと、その関係のままで良くなっちゃう。好きになったらなったで、気持ちを封じちゃう。むずかしすぎる！


今日のデートは途中からすっごく楽しくて、ここに来るまではドキドキだった。

でも、りきくんには「ファンです」って言われちゃったんだよなぁ。

この先、恋愛対象にはならない気がする。

まぁみはモデルの仕事が大好きだし、応援してくれるファンの子も大好き。

それ以上にも以下にもならない『大好き』だよ。


——それじゃあ、伊藤とまぁみの場合は？

グラスに口をつけて、ジュースを飲むふりをして伊藤を見つめた。

きぃちゃんと同じで、伊藤と楽しいことしかしてこなかった。気の合う友達のひとり。

そんな伊藤に、突然ドキドキすることがあるのかな？


今まで、「かわいい」とか「好き」とか何度か言われたことはあるけど、ふたりっきりの時ではないし。妹みたいに思われてるのかなって感じてた。

今回の企画で「えっ、好きってそういう意味だったの？」って、思うことはあった。

でも、具体的なアクションは特にない。デートにも誘われてませんし？

まぁみたちのデートがどうだったか気にしてたけど。それがお兄ちゃん的な心配なのか、ヤキモチなのか、全然わかんないよ。

気になる人にはガンガンいかないと、エグハは時間がちっとも足りない。

それプラス、運とか縁とか本能とか、タイミングもあるのかも。

つまり！　何も起きない相手なら、神様が「ちがうよ～」って言ってるんです。


山盛りだったお肉がきれいになくなった頃。

2日目の夜を締めるミッションが発表された。ルーフトップバーで夜景を見ながら、男女での2ショット・トーク。

ペアを決めるのは、あみだくじ。


あみだの神様は、わたしの相手を伊藤に決めた。

Season1　chapter・6〈リョウヘイ〉

伊藤リョウヘイ、二十歳（ハタチ）。東京で会社員やってます。

休日はだいたい渋谷で遊んでる。ホストクラブのド派手な広告トラックを見ると、あ～っあ、女の子に死ぬほどモテて大金持ちになりてぇなあ～って思います。

口先でデカいこと言って、実際には行動しないヤツってダサいよね！

……今までの俺とかね。最新のリョウヘイくんは一味違うぞ★と言いたいです。

なんたって、十キロ以上カラダ絞って、熾烈な恋リアバトルに挑んでますから！


今日は俺が綺麗を誘って、がっつりシーパラデートをした。

……結果は、お説教の嵐。楽しい一日を目指したら、楽しいだけで終わってしまった。

脂肪だけじゃなくて、こんなにメンタル削ってること生涯で初めてだ。自分でも、「お前なにがしたいの?」ってイラつくエッグハウス……二日目の夜が終わる。


迷走しだしてから道がどんどん狭まってる。さっきの分岐、間違えたんじゃね？

でもこっちも楽しそうだし、行ってみないとわかんないぜ！

俺の迷走につきあってくれた綺麗は、ずっと一般道を走られた上に行き止まり。


俺がグリルで肉を焼いてた時のこと。

そろそろひっくり返すか？　ってところで綺麗が近づいてきて、てきとーに振ってくれた塩胡椒がベストな味付けだった。つーかー熟年夫婦のやつ。

空気感とか間とか、笑いのツボ。相性がよくて、一緒にいて楽しい。ただ、それはあくまでも友達としての相性。今日の反省点を説教されて、とことんわかった。


俺らが友達以上になれるかどうか。綺麗が確かめようとしてくれて嬉しかった。

俺はいつだって自分に自信がないから。だから人よりも多く喋る。

選んでくれたからには楽しい日にしたかったたし、綺麗の反応は全部が新鮮だった。

絶叫系が得意そうに見えて意外と怖がり。ジェラートの味では迷いまくってた。

どれもこれも、知らない「きぃぃりぷ」だった。

かわいいじゃん——そう思った時に伝えていれば、寂しさなんて感じさせずに済んだのか？　貴重な時間をもらっといて、本当に悪いことをしました。


あやかてぃーんとゆうへいくんのカップルぶり、アレには驚いたね。いや、引いたかも。チャラすぎるって！　時間もかけずにここまで出来ねぇよ。……うらやましくて引くし、思い知った。いくら時間を共有したって、綺麗と俺はああならない。

『ウチらじゃ、ペアルックとか思いつかないよね』

その言葉に納得した。じゃあ、誰とならしてみたい？

――まぁみを思い浮かべた。

＊＊＊

男女での2ショット・トーク。エグハ3日目は女子から男子を誘ってのデート。

それが最後の接近チャンスだ。慎重に決めたいよねってことで、トークタイムが設けられた。組み合わせは、あみだくじで決めるんだって。そこ運任せにする？

俺、くじ運ないのに。セブンのくじでエナドリ当たって嬉し泣きするほどないのに。

十五分間、二人きりで話せるチャンス。挽回するならココしかない。

「横浜の夜景は最高ですね……」

「さっきから見てるけど？」

「この景観と、運命のあみだくじ……なんて切ないんだろう」

くじ運のない僕には、夜景にエンドロールが見えるんです。

「めんどいからリョウヘイから行こう」

「はーいっ」

綺麗にばっさり切られて、まぁみは無邪気にあみだを辿る。君たちは胃が痛くないのかい？　りっきーは肉を追加してるし、僕はもっと情緒が欲しいよ。

「あっ？　あはははぁっ」

「おぉ〜っ、来ちゃいましたねリョウヘイくん」

「なになになに⁉」

あみだを引いたまぁみが笑ってる。メッチャこえぇな！

『リョウヘイ』の先を指でつ〜っと辿っていく、と……『まぁみ』。

真顔で五度見した。


「あははっ……ヤバいね」

「ヤバいね……初めてじゃない？　俺と、まぁみ」

念願の2ショット。ヤバいけど、実際に何がヤバいのでしょうか？

短パンから出た膝をさすってるだけの俺がヤバい。まぁみとサシでゆっくりとか、そもそもプラベでもしたことねぇ。雨降ってきちゃったよ……嫌な予感。

「今日さぁ……どうだったの？　ぶっちゃけ」

「楽しかったよ。……手もつないだし」

カウンターパンチ！

俺はまだ、キッチン押し倒し事件の傷も癒えてないのに……！

なんだかんだ、一番フラグ立ててますよね。まぁみさん？

「手ぇつないだのって、まぁみから？」

「なんでだよっ、りきくんだよ。伊藤もしなよ、そういうこと！」

「いやっ……え、付き合ってもないのに？」

「女子はね、ドキドキしたいの。そうじゃないと始まんないの」

……たしかに、始まらなかった。手をつなごうって発想もなかった。

それよりも綺麗に退屈してほしくなくて、アトラクションを片っぱしから回ってた。

楽しいだけがデートじゃない……そりゃ、やる気ねぇって言われるわ。

「そっか、そっかぁ……勉強になります」

「わっ、わたしも詳しくはないよ？」

「知ってる。そうであってほしい」

マジのトーンで言っちまった。膝の上、いつのまにか丸めてた拳は超手汗。

まぁみの目をまっすぐ見る。ぶつかった視線が左右に泳いで……下がってく。

え、俺のアゴ見てる？　腹見てる？　なんですか、えっち……。

「てか、めっちゃ痩せたよね」

「っそうだよ、めっちゃ痩せたよ！　このためにがんばったよ！」

「えらいよマジで！　気合い感じたもん」

「うっれし……褒めてくれんの？　どう思った？」

「すんごく良いと思った」

「うはあぁ～っ……ありがとうございます！」

日サロより高ぇパーソナルジム、サラダチキン、プロテイン、食いたくもねぇオートミール……マジがんばってよかった。気合い入れてよかった。まぁみが参加するエグハで、男はどんだけかっけぇヤツらか未知数で。恥かきたくないから。

コツン、ぶつからないように気をつけてた膝同士が当たった。俺は今いっきに体温が上がったけど、まぁみの膝は冷たい。……雨、強くなってきたな。

「雨だし寒いし、巻きでいくかっ」

「うん……寒い」

「次、だれ誘うの？」

「えっ？　それ聞く？」

巻きすぎたらしいです。というか、聞かないものらしいです。

「いやぁ～……さすがにひみつだよ」

「なんでっ、ムリムリムリ！」

「まぁみだって無理。だからっ、わかんないんだよ」

「なんで⁉　迷ってんの？」

「わっかんないの！　りきくんはお友達として、楽しかったから……」

「あぁ……友達として？」

まぁみは何かを思い出すように少し上を向いた。

それから、くちびるの端を撫でた。何？　何を思い出したの？

「そう、友達として」

「そう、ですか……なるほど。なるほど……」

まぁみとりきに何があったのか知りたいけど、知る権利は俺にない。きっと、説明されても（聞きたくないけど）全部はわかんないだろうし。俺と綺麗のことだって、楽しかったけど……って言うしかなかった。

あやかてぃーんとゆうへいのペアは、はっきりしてそうだ。

「ってことは……ゆうへいもナシで。じゃあ、俺でどうかな？」

まぁみのこめかみに、ビキッ！　と、漫画みたいな怒マークが浮かんだ。

「伊藤さ、それきぃちゃんにも言ってたよね」

「いつ⁉」

「初日の自己紹介でさ、『俺でよくない？』って」

「言ったね！」

「はいっ、解散〜！」

「あああぁ〜〜っ、違くないけど、ちがうんだってぇ……」

ずるずるっと椅子から滑り落ちて、立ち上がったまぁみに冷たく見下ろされる。

ゴミカスを見る目。ゴミカスですよね……でも、聞いてほしい。

まぁみの好きなタイプは白馬の王子様♡　それ聞いちゃって、スタートダッシュは無理っしょ。綺麗のタイプからは俺、かけ離れてなかったじゃん?

向こうがアリなら……って、うん。恋愛って、そういうことじゃねぇんだな。

「白い馬、乗りこなす自信ないけど……」

「馬っ?」

「カラダ絞ったし、他でももっとがんばるから、俺を見て」


最初に、まっすぐそう言えばよかった。

「……ばか。泣かないで」

泣いてる? さすがに泣いては……あ、やべぇ泣きそう。

「ほら、グラサンかけて」

まぁみに渡されたサングラスをかける。右の中指でくいっと押し上げた。

「くふっ、ウケる」

「僕は情けない男です……」

「それかけると、ちょっと強くなれるんでしょ?」

――まぁみに初めて出会った日。夜の渋谷。

俺は、まだ行き慣れてなかったクラブで踊ってた。踊ってるふりして、周りから浮かないようにノリのいい奴を演じて。夢中でリズムを追ってた。

俺はまぁみに肩をぶつけてしまって。たぶん、そこで一目ぼれ。


カウンターバーで「さっきはごめん」って声をかけたら、「そんなに黒いグラサンしてるからだよ」って、笑って許してくれた。

『ここのダンスフロアってだいぶ暗いよね？　でもさぁ……このグラサンがあると、ちょっとだけ強くなれるんだよね……』

なにそれ、ってバカにしてくれてよかったのに。まぁみは笑顔で教えてくれた。

『わかる。わたしの今日の武器はね、シャネルの赤リップ！』


「……覚えてたんだ」

「えっ？」

気を抜いたら泣きそうな男の声じゃ、まぁみに届かない。

「デート、選んでほしいな〜っ……」

「だから、それはひみつだってば！」

＊＊＊

「まぁ、おわかりの通り……女子たちは経験したことがあるんですけれども。いやぁ、ウチら結構、これ開けるの過酷だったよ。ねぇ？」

綺麗が去り際にそう言ったように、目の前に並ぶ封筒は百キロダンベルより重そうに見える。女子チームは先に解散して、残された男共で開封の儀。

各メンバー宛の封筒には、デートをしてくれる女子からの手紙が入っているそうです。


名探偵リョウヘイは気付いてしまったね。

「これ、何も書いてない可能性もあるってこと？」

「えっ、そんなことあるの？」

「あるんじゃん？　誰とも行きたくないってこと、あるよ」

まぁみは迷ってた。言いたくないんじゃなくて本当に迷ってたんだ。迷った末に誰も選べなかった。俺は、そんな君を真面目でけなげだと思う……デートなんてエグハじゃなくても出来る。よく考えてくれていい、俺と改めて後日デートを

「とりあえず早く開けて」

「りっきー……貴様、余裕があるのか？」

「寒いから早く」

ゆうへいにも急かされたので、開けます。ちょっと文章が見えるぞ……。

ってことは、誰かしらから何かしらのメッセージがある!!

『あやはリョウヘイの事をこのメンバーじゃ一番知ってると思うし、分かってると思う。それ以上は当日で♡　あやかてぃーん』

あやかてぃーん……？

「「あやかてぃーん!?」」

俺とりきがハモる。シュバッとゆうへいを見ると、アゴに手をあてて推理中みたいなポーズ。探偵の設定、取らないでください。

「ほぉ……なるほど？　じゃあ、次は俺の開ける」

「冷静か！　ハートどうなってんだ！」

『ゆうへいくんへ
1日目の旅行の話で盛り上がったので、またお話ししましょう♡　まぁみより』

ねぇ、何が起きてるの？
凄ぇことになってるけど、まずは全員分開いちゃおう。二人は絶句してる俺を置いていってしまう。紙飛行機にされた手紙をりきが広げる。なんで紙飛行機なの？

『Ｄｅａｒ．Ｒｉｋｉ　これまで絡みなかったし
あみだくじ２ショットの時に初めてちゃんと話したから
次、あたしとデート行っちゃおっか♡　きぃぃりぷ』

その後のことは記憶にございません。
……そういうわけにも行かず。このあと俺は誰一人とて帰さず、ハイボールを頼み

続けた。酒のウマさはまだわかりません。でも、飲みたい時は今です。

「やっぱさぁ、絡んだことない人に行く傾向があるんだな。そりゃ、1回くらい話しておきたいよね……あやかてぃーんと俺、話すことなくない？」

「俺も正直、そこはないと思ってた……」

うんうん。りきくんは飲めるクチだね。

もらった手紙にも書いてあるとおり、もともと知ってる関係だ。明らかに友達で終わる。デートしようが進展することはない関係。それが、なんで？

詳細は当日って、当日なにがあんの？　俺シメられる？　こわい……。

お誘いはうれしーけど、ありがたいけど！　ぶっちゃけ、正直ぶっちゃけ……。

「まぁみと行きたかった……」

「俺だってまぁみと……」

「もうしたよね？　もう君はデートしたよねぇ？」

「ポテト頼んでいい？」

ゆうへいくんは、メンタルもお酒も胃袋も強いみたいですね。あやかてぃーんが俺と浮気しそうだというのに！　コイツはあやかでほぼ確だってば、まぁみぃ!!

まぁみが好き。大好き。叫びたいくらい大好き。

どうしようかな、無理だな、無理だ。どうしよう。

どうすればいいのか、僕にはわかりません！

Season1 chapter.7〈あやかてぃーん〉

あえて、ぶっこもうかなと思ってる。

あえて面白くさせてみたいって思う自分がいる。恋も仕事も人生も。


今日の服装は黒のスウェット。差し色にピンクのキャップ。メンズライクで、とにかくラクさ重視。行き先は遊園地でもスポッチャでもなく、代官山だけど。

リョウヘイに色気出してもしょーがないし。……しかし哀れなことに、今はまだガチのデートに誘われたと思っている、このガングロ男。

付き合いは短くないのに、あやかてぃーんのことを全然わかってませんねぇ？

「ウィッス！　おはようございま～す」

「あはっ！　もう昼だし」

グァバジュースで昼から乾杯。ウィッスって、打ち上げのノリじゃん。

「まぁみとどうなの？」

「っや、いきなり？　ビビるんだけど？」

ゴホゴホって、ジュースでむせるリョウヘイ。

紙ナプキンで口を拭いてから、深呼吸した。本題はコレだし。本題しかないし。


「……まぁみとは相変わらずですよ。マジ死ぬほど大好き」

ホットドッグにケチャップをかけながら「眠れないくらい好き」って、念押し。

「そこまで言い切れるようになったんだ？」

「おかげさまで……迷走してたね実際！」

「じゃあ、告白するならまぁみだ」

「余裕で。まぁみしかいないっしょ……ってか、俺ら友達じゃん。昔から」

「うん」

「3日目よ？　なんでこのタイミングでデート誘ってきたの。いや、誘ってくれたの？」

ぶっは！　思わず吹き出した。

気ぃつかって、言葉を選んでる感じなのがウケる。

「いやいやいや笑うとこぉ？」

「あははっ……いやぁ、これデートなんだね。綺麗ともデートしたもんね」

「えぇっ？　おう、しましたね」

残念。綺麗はそう感じてませんでした。ボウリングもシーパラも、ふたりは楽しかったんだよね。「楽しい」だけだったことが大問題。

「なんだかんだ綺麗とばっかいたでしょ？　不思議だった」

初日のペアはじゃんけんが決めた。自分の意思じゃない。

でも、最初にデートする相手を決めたのはリョウヘイ自身。

「まぁみのこと最初から狙ってんのに、なんで？」

「それはっ……なんでだろう。逆に、あやかだってなんで今、俺？」

「まぁみがリョウヘイに行くとは思わなかったし」

「ガーン……」

グァバジュースのストローをぐるぐる回して、リョウヘイは黙り込んだ。ショックってことは期待してたんだ？　バーベキューでも絡みに行ってなかったくせに。

なんで今おれ？　って、言っちゃうんだからリョウヘイはわかりやすい。

女として見たことない友達は、永遠に友達。綺麗は「リョウヘイが気になる」って気持ちをわざわざ育てて、可能性を探したのに。お前はあの子の貴重な時間を奪ったんだよ。

……そこまで言ったら、声を上げて泣きかねないか。

リョウヘイなりに反省しただろうし、綺麗が言わないならそれはもういい。

2ショットでまぁみと何を話したかは知らない。だけどあの夜、まぁみは困り顔で戻ってきた。誰を誘いたいか3人で話し合って、まぁみはゆうへいを選んだ。

『ボウリングのあと迷惑かけちゃったし、その……ドキドキもしたから。でも、あの時のドキドキは緊張込み、みたいな？　恋ではなかったたって確かめたい』

その言葉を聞いて安心した。いや実際は、一瞬マジ焦った。


「そんなに落ち込むなっての。だからウチが引き寄せたんだよ、アンタを」

「はい……ホットドッグ食べます……でもさ？　俺ら的には、もう進展ないのわかってんじゃん。あやかにとっても大事な時期じゃん？」

「大事だけど……リョウヘイがずっとまぁみを見てきたのは知ってるから。ちょっと背中、押そうかな。……みたいな。ここまで言わなきゃダメ？」

はあ～っ……デカいため息が出た。

「マジで？　自分のこと犠牲にして？　……いいヤツかよ！」

「いいヤツでしょ」

「うれしいけど複雑だって！　あやか的には時間欲しくなかったわけ!?」

「時間？」

お手並み拝見の時間なら、私的にはもうじゅーぶん。りきくんは強めのギャルは違うんだろうし、どんどん好きになれる相手はもう見つけた。

「ゆうへいで決まってるし。告白待ちだし。今日であっちの気持ちが変わるなら、それはそれでいい。女として単純に負けだから……ないと思うけど」

「いいヤツで、かっこいいかよ！」

いいヤツで、かっこよくて、仕事もデキるんだよ！

「ってことで朝ね、まぁみに聞いたのよ。今日どこ行くのか」

「えっ……うん？」

「だからさ、お台場行こ」

「はっ？」

「お台場にいるらしいから、狩りに行こ」

口開けて、バチバチ瞬きするリョウヘイ。超マヌケな顔。

ぐーっと握りしめたホットドッグから、ソーセージが飛び出てお皿に落ちた。


「まぁみさらいに行けよ！」

「うおぉお〜っ……ありがとあやかてぃーん!!」

＊＊＊

リョウヘイが「まぁみへのプレゼントを買いたい」って言うから、それに付き合ってからお台場に向かった。

途中で空があやしくなって、着いた時には雨。

今から狩りに行くんだから、天気ぐらい晴れてあげてほしいけど……。リョウヘイは気にせず鼻息荒いっていうか、意気込んでるし、まぁいいや。

選んだプレゼントはピアス。まぁみはピンクが好きだから、って色はリョウヘイが決めた。デザインはウチのアドバイス。愛の告白とセットで渡すんだと……なんてゆーか古風。初デートでは手も繋げないところとか。順序とか形式にこだわる男だな。

「ちょっと、お時間をもらってもいいですか？」

「なになに、伊藤じゃん！　あやかさんも！」

「まぁみちゃんと話すの？」

「いいですか……」

「まぁみちゃんがいいなら、どーぞどーぞ」

「ありがとうございます」

ねぇ、狩りって言ったよね？

まぁみ達と合流して、一歩下がって見守ってみたら、なんか新人の営業が始まった。

『ヘッヘッヘ邪魔するぜ！　まぁみは俺のもんだ！』くらい言えよ。

「まぁみさん……僕と、観覧車でもどうですか」

雨の観覧車。チョイスはいいじゃん。

私がここまで連れてきたって、まぁみも察したみたい。

こっちを見ながら、リョウヘイが差し出す傘の中に入った。

ふたりに続いて、私とゆうへいも観覧車に乗り込んだ。隣りあって座る。

「ご協力ありがとうございます」

「いえいえ……とんでもない」

「予定狂わなかった？　今日なにしてたの」

「ジョイポリ行って、すでに遊び疲れてたね」

微妙な天気の日にジョイポリ。やっぱ外しませんね。

「ゆうへいもはしゃぐんだ。楽しかった?」

「めっちゃ楽しかったよ。ナチュラルハイって言われた」

「ふぅん……まぁ遊園地はね。誰と行っても楽しいし……」

良くも悪くも、さ? リョウヘイとシーパラに行った綺麗もそう言ってた。

別に、一緒にいたのがウチじゃないってことが面白くないわけじゃない。

「な、なに笑ってんの?」

「別にぃ? ……あぁそれで、ペアリング見てもらった」

得意げに左手をひらひらさせるから、普通に「えっ」ってなる。

「見せたの? っていうか、してたの!?」

「うわーって言われた」

「言うよ。デートしてんのに……」

「そういう反応じゃなかったと思うけど。うわーいいなーって」

それなら大丈夫か……いや、それでも見せるタイミングが不明すぎる。

「あやかは外しちゃってたの?」

「うっ⁉……してたよ。今もしてるよ……」

左手を広げて見せたら、ゆうへいの手が重なった。指をぜんぶ絡ませながら、「えらいえらい」って笑われる。なにこれもう、めっちゃ恥ずかしいじゃん。


「まぁみちゃんも『伊藤』のこと気にしてたよ。喋れてよかったんじゃん？」

「え？　あぁ、意外とまぁみも……そっか。よかった」

「俺はさ……今日のご指名が頂けなくて、けっこう動揺したんだけど？」

げっウソ、マジ？　でもなんか、説明しとくのも変だよね？

だってまだ、ウチはゆうへいの彼女じゃないんだし……。

「でも、何か考えがあるって思えたから。今日は前向きに過ごした」

「ありがと……いちお聞くけど、まぁみにグラついてないよね？」

「なかったねぇ。まぁみちゃんによるあやか伝説はもっと聞きたかったけど」

「何、あやか伝説って」

「リョウヘイのことも、あやかは友達思いのいい子だなーって。惚れ直した」

見つめ合ってられなくて肩に頭を乗せたら、「お疲れさま」って撫でてくれた。

――ウチは一番年上だし。一番恋愛してきたと思うし。

あの二人よりは、自分がしたいようにできるよ。

めちゃくちゃ恋愛経験が少ないまぁみ。綺麗だって、すごい大人ぶってるけど全然まだ若くて、こっちからしたら幼いなって思うから。だから応援してあげたい。

自分がしたいように。人を好きになって。心を動かして。

Season1 chapter.8〈きぃぃりぷ〉

エッグハウス最終日。

寂しいような、早く楽になりたいような。妙な感覚。

これから、男子が女子を呼び出して告白タイム。返事の仕方にはルールがある。

『OK』だったら熱いキッス♡『友達からお願いします』だったらハグ。

で、完全にナシだったら『ごめんなさい』。

別室で待機中のエッグ組。たった今、まぁみがりきにＬＩＮＥで呼び出された。

きぃりぷ&あやかてぃーんは、モニター越しに見守っちゃってま〜す。

「綺麗はさぁ、りきくんとのデートどうだったん？」

「あ〜……楽しかったですよ。トリックアートとか忍者屋敷で遊んで……でも、メシ食ってる時の法事感ヤバかった。全然盛り上がんなくて」

「なんか想像つくわ。綺麗がブレイズだったらカツアゲ疑われたね」

「ひっど！　しっくり来なさは認めるけど」


「これからも、これが終わっても。まぁみと一緒にいたいなって……」

りきの告白は、らしさ満点だった。口下手ではあるけど、飾らない感じ。

「……ごめんなさい」

まぁみの答えに迷いはなかった。友達以上の感覚は持てない、って。

初日は「りきくんかっこいい」って言ってたっけ。自他共に認める面食いだけど、一目惚れしたことはないんだよね。人を好きになるって基本ムズい。

人間ってそーゆうもの。

「りきくんの気持ちはすごくうれしい。ありがとうございます」

「俺こそ……ありがとうございました。これからも応援してます！」

「うんっ！　会いに来てくれてありがとう！」

……応援とは。『会いに来てくれて』って何？　あやかさんと顔を見合わせる。

なんも知らんけど、フラれたりきに悲壮感はなくて。ふたりは笑顔だった。


こっちの部屋に戻ってきたと思ったら、またすぐにまぁみのＬＩＮＥが鳴った。

「……伊藤だ」

「でしょうね。諸悪の根源」

「メンブレ純情男。観覧車で、少しは向き合えたんでしょ？」

「うん……あやかさんのおかげで。話せて、よけい混乱したかも」

りきの時とはちがって顔面ガチガチで、可哀想になってきた。

「まぁみは散々悩んだし、今の答えでいいんだよ」

「そうそう。いってら！」

３人でハイタッチして、まぁみがニャハって笑う。

不安があっても笑ってみせる、まぁみの悪いクセ。もしかして、もっと悩む時間が欲しかった感じ……？


あやかさんと両手を握り合う。登場したリョウヘイを見て、爆笑。

「スーツ！　ガングロの黒スーツ！　ガチの花束！　ヤベェ！」

「やっばい！　さすが形式こだわりマンだわ」


「ねぇ～！　ちょっと待って……なにその格好！」

見たことあるわけないリョウヘイの正装に、まぁみも笑うしかない。

「これ、まぁみに向けて……花束です。受け取ってください！」

あわあわしながら花束を受け取るまぁみ、超かわいいじゃん。キザ&ベタで爆笑したけど、ウチはあんな花束もらったことない。もらえたら、うれしーかも……。

「それと……まぁみに似合うかなと思って、ピアスも買ってみました」

「えっなんで……ほんとに⁉」

「よかったら付けてください」

花束と同じ色、ピンクのリボンがついた小さい箱が出てきた。まぁみは動揺しっぱなしだけど、無理もないっしょ。まるでプロポーズばりに仕込んでこられてさ。

「開けていいの？」

「もちろん」

「……あっ、かわいい！　ありがとう……花束も」

小さい花が2連になってるシルバーピアス。

まぁみに絶対似合う！　そう言ったら「でしょ？」ってあやかさん。

「センスあるわ。ほんのりピンクだし。桜かな？」

「あれね、プルメリア。幸せに導いてくれる花なんだって」

「へぇ～……詳しい♡　花言葉的なやつですか？」

ウチはそういうの全然詳しくないけど、花とか色に意味が込められてるやつ、なんかいいよね。あれっ？　あやかさん、褒められてちょっと照れてる？

「まぁみに向けて手紙を書いてきたので……」

「手紙？」

「ちょっと真剣に、聞いてください」

プレゼントからの手紙。こっからが最終決戦。決めろよ、ってこっちも手に汗握る。

初めて見る、伊藤リョウヘイの『真剣』。今までまぁみに伝えてきた言葉は冗談っぽく宙に浮いてた。たぶん、本気でフラれるのが怖かったんでしょ。

消しゴムで何回も消しまくって、書き上げた手紙に込めた想い。

真剣なら、今度はちゃんと届くといいね――あたしも真剣にそう思う。

「まぁみちゃんへ。……まぁみへ」

『恋愛に対して口下手で不器用な俺が、女の子に初めて手紙を送りました。

いつもとはちょっと違うかもしれないけど、
まぁみに対しての気持ちを真剣にこの手紙にぶつけたので聞いてください。』

初めて会った日からどんどん好きになるのに。ビビって、自分の気持ちにウソをついて、冗談にして逃げてきた。それが、リョウヘイの懺悔。

限られた時間しかないから全力で頭と心を動かす。だから、知らない自分が見つかる。

熱い手紙なんて書いてみちゃう。エグハの楽しくて、ヤバいとこ。

『たぶん、俺の知っているまぁみは高身長で王子様みたいな人がタイプだと思う。でも俺はこのキャラだし。まぁみの好きなタイプとは程遠いかもしれないけど、他の男や誰よりもまぁみを笑顔にして、誰よりも大切にできる自信があります。まぁみのことが本気で好きです。付き合ってください。』

エグハをきっかけに、まっすぐになれた男の精一杯の告白。

まぁみは一度ぎゅっと目を閉じて、それから――「ごめんなさい」。

「観覧車で、本気で『好き』って伝えてくれて。それからすごく気になって……」

「じゃあ……っ」

「でも！　伊藤は昔からわたしの大事な、お兄ちゃんみたいな存在で」

「はい、お、お兄ちゃん……？」

「恋愛的に発展して、この関係が変になっちゃうよりも……『お兄ちゃんと妹』みたいな感じで……ずっと、これからも一緒にいたいなって思ってます」

あぁあマジかぁ～……って、ウチとあやかさんも一緒にお手上げ。

「……ハグだと変だから、握手で」

「なんだよお！　ウソでしょ、マジかよ！」

真剣、届かず。ハグすら変な濃い関係。お兄ちゃんが上を向いて嘆く。

妹にそう言われたら、潔く手を握るしかないよね……。

＊＊＊

伊藤リョウヘイ。東京都出身２０歳。

彼女いない歴４年、更新決定。常にＤＭお待ちしてます。


「エッグハウス、シーズン２。スタート！」

次のエグハは、見事に玉砕したリョウヘイが主人公！　んなわけあるか。

「そーやって、ふざけてばっかだからトドメが刺せなかったんだよ」

「今後、お兄ちゃんってどうしたらいいんですかね？」

「お兄ちゃんとして、まぁみを大事にしてください」

「お兄ちゃんって何⁉　わかんないってぇ〜……」


告白タイムが終わって、カメラも止まった。それぞれ帰り支度を始めてる。

まぁみは端っこで荷造り中。「緊張した～」って気が抜けた感じで戻ってきたけど、りきを断った時とはちがう……すっきりしない表情に見えた。

お兄ちゃんは丸めたスーツを紙袋に詰めながらウジウジ。シワひとつなかったスーツなのに。困ったときはいつでも相談に乗ってやる兄貴ポジション。これからもずっと。

まぁみを好きなまま、そこに居続けるのは……まぁ、普通はしんどいね。

「いいなぁ……あやかとゆうへいのキッス、凄かったなぁ……」

ゆうへいに呼び出されて、もうウッキウキで部屋を出てったあやかさん。

すでにデキあがってたけど改めて告られて、超しあわせそうで。背伸びしてキス。

「ウチもめっちゃキュンとしたわぁ～……超乙女じゃん！　って」

「自分でもびっくり。エグハ舐めてたのに……ってか彼氏いたし」

「「どえーーーーっ!?」」

リョウヘイとひっくり返りそうになった。魔性の女だよ！

「絶対つまんないっしょ、って最初は思ってた。どうせ、こーゆうのってテレビだけなんでしょ？　って。……でも、やってる側はマジ楽しいわ」

「ヤラセじゃなかったね。……待ってじゃあ、ゆうへいとは二股!?」

「ちゃんと別れたに決まってんでしょ！」

「っだあ‼」

あやかさんがリョウヘイの頭にゲンコツ。

それから、その手でリョウヘイの胸をドン、って叩いた。

「……私はハピエンだけど。でも、リョウヘイにはがんばってほしいかも」

「何を……お兄ちゃんをでしょうか？」

「ちがうよ。もう一回デート行ってほしい、まぁみと。……もうエグハ終わっちゃったけど、関係なく行ってほしい。あともう一歩じゃないの？」

「そーだそーだ！　大体、ウチがデートしてやったから『やっぱまぁみしかいねぇ』って腹くくれたと思うワケ。たった一回で諦めてもらっちゃあねぇ」

今のチクチクはグサッときたっしょ。

「諦めるな、って……お兄ちゃんにがんばられたら怖いだろ」

まぁみが選択した関係を否定したくはない。……ちがうね、それはキレイゴト。

心残りしかないよ。ふたりが上手くいって、いっしょに報われたいと思ってた。

リョウヘイとまぁみの間に立ってみる――そんな大人ぶったこと言って。ほんとは黙って譲りたくなかった。まぁみにとって何年間もリョウヘイは圏外だったから。圏外だろうと、リョウヘイにとってはまぁみしかいない。覚悟がなかっただけで、アイツの心は決まってた。真剣に狙ってみる前に気付いて、戦線離脱してよかったよ。そもそも、あたしに落ちるリョウヘイなんて用なし！　まぁみに一途なところがいいんだし。

その想いが報われたら、「ウチらの迷走もムダじゃなかったね」って言えたかな？

エグハは実際たのしかった。

ただ、『台本なんかなくても劇的なドラマを生み出せます！』とは、言い切れない結果だな。恋リアってこんなもんか。元々友達枠はこじれるから、次はやめなよね。あやかさんがゆうへいを捕まえただけ、企画倒れじゃなくてよかったわ……。

荷物をまとめて外に出た。みんなでハウスを見上げる。

「殺風景すぎる部屋だと思ったのに、けっこー愛着わいてるわ」

「わかる。ゆうへいの敬語とか、今思い出すと笑っちゃう」

「男子組がこんなに仲良くなるとは……俺、チャラ男嫌いだから」

「リョウヘイはお調子者じゃなくて繊細キャラだったにゃん」

「にゃんって何⁉　そのゆうへいくんまだ知らないわ」

男子チームは、近いうちにまた集まってフットサルをやるらしい。

恋愛だけじゃない。いい出会いがあったよね。

手の中にあるカギを見つめた。ドアのカギを閉めたら、それが最後。

それで、このメンバーでのエグハは終わり。

「エグハって不思議だね。人に見られるからかっこつけたいのに、それができないっていうか……だんだん本当の自分とか、本音ばっか出てくる」

「な〜にぃきれい〜感傷に浸っちゃってさ」

「はっ⁉　ちょっとはなるでしょ！　ほらっ、閉めるよ！」

ゆっくり、カギを差し込む。

「待って！」

「まぁみっ？　忘れ物？」

「ううん……あのね、ほんとはまだ迷ってる！　こんな中途半端な気持ちで付き合いたくないし、今までの関係が変わっちゃうのが怖かったけど……」

キャリーバッグから手を離したまぁみが、リョウヘイからもらった花束を左手で抱え直す。それから――リョウヘイに駆け寄った。

「でも、生まれて初めてだった！　あんな告白、あんなに自分の気持ちぶつけてくれた人……初めてだったから、ほんとに王子様みたいだったから」

ぼろぼろって、まぁみの目から涙があふれた。

「やっぱり伊藤の気持ちにこたえたい……っ」

「……っま、まぁみい～～～！」

まぁみをガバッと抱きしめて、わんわん泣きだしたリョウヘイ。

「おめでと、リョウヘイっ……まぁみも！」


あやかさんがもらい泣きして、何が起きたかちゃんとわかった。

「何もうマジ、最高すぎ！　おめでとーーーっ!!」

「うぅ、ありがとぉ～……伊藤、エグハに賭けてるって言ってたから……カギ閉めたら、もう二度と会えないかもって思った……」

「まーあーみ！　『ＯＫ』だったらどーするんだっけ?」

ウチの冷やかしにまぁみは赤い泣き顔をもっと赤くして、覚悟を決めたみたいにリョウヘイを見つめた。それから、めいっぱい背を伸ばして――チョンってキス。

ピュー―ッ！　誰かの指笛が響いた。みんなで同時に飛び上がって祝福！

かわいいキスでもリョウヘイには破壊力ヤバくて、倒れそうなのを男子組が支える。

なんかもう、あたしまで泣きそうだ。いじくった△が♡になって、◎に。報われちゃった。

予想外に増えたハッピーエンド。

誰かシャンパン開けろよって思うけど、場所が場所だし。

それはまたいつか、プラベでね！

＊＊＊

鈴木綺麗。茨城県出身17歳。エグハ第２弾、出演決定。

男いなくても毎日最高だけど、今回の結果には物申す！

きぃぃりぷが主役だろって、あんだけはりきってたエグハで、最後はウチだけモニタリングでしたけど。途中で番組変わりました?

名誉のためにって言っとくけど。誰も選ばなかったってことは、『今回はウチが本気で狙った男すらいなかった！』ってこと。この男共が、コノヤロウ！

こんなに化粧も服装もバッチリ決めて、香水とかつけちゃってるのに、誰も来ねぇ。

「え？」みたいな。見る目ないね、もう帰りなよ、みたいな。これはもうマジ怒り。

やってられんから次は男ウケガン無視で。あたしなりに女出して惚れさせる。


第2弾って絶対夏だよね？　サマーラブだよね。絶対ね。

だから、あたしはリベンジしようと思います。

ぶっちゃけ、めちゃくちゃイイ女だって自分で思っちゃってるから。

本気で狙って落とせない男なんかいないと思う。


だから次回もエッグを代表して、荒らしに行きます！

お楽しみに♡

Season2 chapter・1〈きぃぃりぷ〉

「あっつい……ってか暑すぎだからマジで！」

来た、キタキタキタ！　満を持してのエグハ♡シーズン２。またもや住所だけ伝えられて、空港からチョイ迷いつつ辿り着いた集合場所。そう、那覇空港から！

今回のステージは夏の沖縄！　南国の映えハウスで３泊４日のサマラブ！

「お邪魔しまーす！　荒らしに来ましたよ～♡」

元気にドアを開けたら、ひんやりした空気を感じて生き返る。

玄関には、きちっと並んだレディースのスニーカーとサンダル。前回に引き続き、誰よりも先に登場してやりたかったけど残念。先客がいたわ。

「あーっ⁉」

「やっぱり！　きれいちゃんだった‼」

ほっとした顔で出迎えてくれたのは、一番乗りしたらしい後輩の『みりちゃむ』。

３人目のメンバーはウチ、きぃぃりぷかもって予想してたとか。なかなかイイ勘してんじゃん♪　お互いにびっくりして指を差し合ったのは『聖菜』だ。

「きぃちゃんはあえて外してくると思ってた！」

「夏があってのウチなんだから。ウチいなきゃ始まんないっしょ！」

「きれいちゃん、リベンジするってコメントしてたもんね！」

「そのとーり。ギャルに二言なし！」

手応えゼロだったシーズン１。

そもそも、ウチに釣り合う相手がいなかったってゆうね。

「聖菜こそ意外だわ。企画で恋愛とか、そーゆうノリ嫌いそうじゃない？」

「ワンチャンも全然アリですよ。夏なんで♡」

「え～っ……ちゃむはちゃんと恋したいなぁ。爽やか系イケメンと！」

南国だし、海は目の前だし。女子組はすでにテンションＭＡＸってかんじ♡

聖菜は「エロい人が好き」とか「フェロモン出てる人がいい」とか、未知の情報を繰り出してきた。天使系と思わせといて、しっかり肉食系なわけね。ハイハイ。

恋愛系の濃い話はしたことないメンツだけど、だからこそバランスいい気がする。

対まぁみ×リョウヘイの時みたいに、ウチはもう変に頭使わないって決めたし。

この夏は本能に任せて、思いっきりハジけてやる！

気合いを入れたところで、スマホがピロンと鳴った。運営からの……『警告』？

『シーズン２の裏テーマ。ワンチャンサマラブ♡オオカミくんに要注意！』

画面に表示されたメッセージを３人で覗き込んで、顔を見合わせた。

「オオカミってなに⁉」

「オオカミ……なんだろ？　人狼的な、騙されるな、みたいな？」

みりあにしがみつかれた聖菜が首をかしげる。スクロールして続きを読む。

「なになに……男子メンバーは全員チャラ男！　浮気性・女好き・ワンナイト狙いの狼くんかもしれないので、女子メンバーは気を付けてね♡……って、」

「ぜんっぜん、♡かわいくないけど⁉」

「浮気性と女好きは話が変わってくるでしょ！」

ぜったい騙されねぇ！　みんなでぎゃーぎゃー言って、ハッとした。

ウチ、本気で恋愛するつもりでいたんだ。ギャル代表として、ひと夏の恋リアを荒らしちゃおうって、スキップして来たつもりだけど……いーや、スキップは強がりか。

だって、足取りはまったく軽くなかった。けっこう覚悟してきたから。

シーズン１では素の自分を出しすぎて、女を出すタイミングもなくて。

誰にも恋愛対象に見られなかった……けっこう、ガチめに落ち込んだんだよね。

『夏・海・恋愛＋ギャルの企画なのに、ウチがモテなきゃ始まんねぇだろ！』

『今回も恋が実らなかったら黒肌やめてもいい！』

そのくらいの覚悟をしてた。でもさ……よく考えてみ？

ありのままのきぃぃりぷ。鈴木綺麗に惚れる男じゃなきゃ意味がない。

言っとくけど、「『リベンジ』」なんて心が弱いヤツには出来ないことだから。自信家で恥ずかしいヤツって笑う人もいるかもね。笑っとけ。「『エグハを荒らす』」ってのは、適当にチャラチャラ楽しむってことじゃない。狙った相手は、本気で惚れさせる。

「女を弄ぶ気満々のオオカミが紛れ込んでるってゆーなら、それも上等」

ふふんっと笑って、スマホの画面を消した。

「きぃちゃん、ちょうギラついてる～」

「めっちゃ余裕じゃないですか！　男子、誰も信用できないかも……」

「ちゃむ、ヒツジ感出すぎ！　頑張れっ」

聖菜といっしょに、みりあのケツを叩いて笑う。メッセージの最後には、男子メンバーとの顔合わせ場所が書いてあった。ハウスの裏にある、海へ続く庭。

「それじゃあ……会いに行っちゃいますか！」

軽くメイクを直して、いざ出陣！　心地いいドキドキ、緊張感。庭っていうかもはや茂み？　だいぶワイルドな場所で、男子メンバーの登場を待つ。

太陽の下、大胆に出してる肩がジリジリ焦げていく。今日のファッションは、このまま海で泳いでヨシってレベルの超ショート丈オフショル。露出多めセクシー黒ギャルこそ夏の化身ってコトで、健康的な色気が出ちゃってるんじゃないですか？

しかも、今日のきぃぃりぷちゃんはロングスパイラル×ヒッピーバンドでどっかの民族のオサ的な強さもある。男にもこのギャル度についてきてもらわないと……。


「神奈川県から来ました。二十一歳、ひゅうがです！」

トップバッターは、みりあにハマりそうな爽やか系？

「もうやっぱい、まぶしい。みんなもう輝いてる！」

……と思ったら、しょっぱなチャラくてウケた。この軽さは、喋れそうだし笑いも取れそう。見た目は、色白で筋肉も普通だけど一通りのスポーツはできそうな感じ。

アッシュグレーのツンツンした短髪。笑うと目がきゅっとして、キツネ系だな。

「なんか見た感じ、ギャルは好きそう。チャラいってか、ぶっちゃけ……女は大抵のジャンル好きだと思うのね、この人」

「あははっ！　正解！」

こっちのぶっこみにも動じないチャラさ。髪色もオオカミっぽい……警戒しとこ。

「じゃあ簡単に……白肌、黒肌どっちが好き？」

「ぶっちゃけていい？　うーん、白！」

「だよな。お前が白いもんな」

「きれいちゃん怖いって！」

「あ、すみませ～ん」

みりあにツッコまれたので黙る。ヤバいヤバい、一人目から詰めちゃった。

当のひゅうがは気にしてなさげで、「アゲてこ！」「楽しんでいきましょ！」って、さっそく警戒しちゃったけど全然いいヤツなのかも。まぁ軽いんだけど。

――ザクッザクッ。背後から草を踏みしめる音が近づく。

2人目は……黒肌だ！

「静岡県から来ました。十九歳、ふみひろです。ふみって呼んでください」

「じゅーきゅう⁉」

思わずデカい声が出ちゃった。十九には見えない。むしろ……。

「なんか、二十四くらいのイメージ」

「老けてます？　僕」

聖菜がぶっこんだ。老けてるってか、大人びてる？　黒肌だけど、体に厚みがなくて、背はあるぶん言っちゃうとひょろい。中肉好きなウチ的には、物足りなさがある。

話を聞いたら、ふみひろはシーズン1であやかてぃーんとくっついた〝ゆうへい〟の後輩なんだって。先輩に続いて恋が実るといいね～なんて、女子組で茶化す。

「私、聖菜。ひゅうがと比べると大人しい系？　静かだね」

「女の子大好きです。ギャルも好きです！」

「きゃはは っ、急に大声！」

ギャルが好きならひとまずオッケーだ。ゆうへいみたいな、キャラの読めなさはあるけど……こうなったら、3人目は黒肌×中肉で来てもらいたい。目を閉じる。

「あれっ？　また黒くない？」

爽やか色白系をご希望のみりちゃむさんが呟いて、ウチはパッと目を開けた。

「モンゴルから来ました。十九歳。おちんちんぷるぷる、プルです！」

「「「イエーーーーイッ」」」

自己紹介のバカさに、こっちも歓迎がバカになった。

「待って、クセ強くない⁉」

待望の黒肌第２弾。しかも中肉、いやちょっと腹たるみすぎ！　背景のプチジャングルにぴったりの、上半身裸大サービス登場シーン。

なんつっても、一番のインパクトは……両腕、鎖骨、胸、腹、足……全身にびっしり入ったタトゥー。

「お前らと……恋したい♡」

腰をくねくねさせながら、ウインク。肩に刻まれた目のタトゥーと目が合った。

「……自分モテると思います？」

「モテるぜ！」

「ありがとうございました〜っ」

礼儀として一応してやった質問に、くねくねで返されたので女子チームは解散です。

ハウスに帰るふりをしてから振り返ったら、いじけて膝を抱えたプルが草をむしってて、不覚にもツボった。6人揃ってのランチタイムでもプルはふざけ倒してた。

「どうでした？　男子の第一印象」

ランチが終わって、女子組で現状報告会。聖菜の質問に「うーん……」って、同時に考えこんでる時点で、ウチもみりあもピンと来てないわ。

「とりあえず、みんなやさしーよね」

ウチの言葉にふたりが頷く。エグハ2回目のウチは、男子たちのポジションやキャラが前回と同じように見えちゃったところがある。ふみのこと、ゆうへいって呼び間違えちゃったし。でも、イヤな顔しないんだよなぁ……みんな優しいわ。

「聖菜は、ひゅうがくんかな。率先して動いてたし」

「あー、意外とね。面倒見よさげだった」

面倒見がいいのはマジで大事。だって、彼氏には犬みたいに甘えたいし。猫派だけど、甘える時はデレるから♡　ウチの好きなタイプは、車持ってて、面倒見がすごくイイ人。「すごくイイ」が重要。それから面白い人。ガタイがイイって意味で中肉。顔がタイプの男はぶっちゃけいなかったから、これからどうなるかな？

「ちゃむはまだわかんないけど……きれいちゃんはプルじゃないの？」

「いや、なんかねー……ちょっと違う。素のウチになりすぎる」

プルのふざけた感じは、最初ちょっとリョウヘイっぽいなと思った。実際、プルはリョウヘイの後輩らしい。似てはいない。

リョウヘイのチャラさともまた違う感じ……女子3人とちゃんと恋をしに来てる、そんな接し方。女子扱いされるのは素直にうれしい。

リョウヘイっぽい気軽さに、少し警戒した自分もいる。楽しいのも面白いのも欲しいけど、素の自分を引き出されすぎると、結局また友達止まりじゃね？　女を出し損ねるぞって教訓。

今もまぁみ一筋なリョウヘイの話を聞くと、関係性の変化を受け入れたまぁみは見る目あるよって思う。ウチがちょっとでもその気になった奴だしね。やっぱ男は一途じゃないと！

今回は何角関係になろうと誰にも遠慮しない。

いいなと思う男には本音をぶつけてく。女を出してく。本気で狙った獲物は、とことん鈴木綺麗に惚れさせてやる！

「……とにかく！　まだ全然わかんないからさ。ちょっとウチらからガツガツいって、全員に一回アタックしよう。それから、誰が来るか……ちょっと見極めようよ」

「全員に？　一回ずつ？」

「そう。だって、向こうがオオカミかもしれないなら見極めないと」

「ひゃ〜……むずかしい、恋愛って！」

オオカミ狩りの提案にノリ気の聖菜と、クッションを抱えて不安げなちゃむ。あたしだって、駆け引きが得意なわけじゃない。でも、かましたい相手もまだわかんないから。

大丈夫、楽しめばいいんだよ。オオカミに噛まれるくらいなら、こっちから弄んでやる。3泊4日しかないんだから、ワンチャンサマラブを楽しんだもん勝ち！

Season2　chapter.2〈聖菜〉

初めまして、聖菜です。十八歳、現役高校生。聖菜が嫌いなモノは牛乳、チーズ、湿気、TikTok、大きい男の人、聖菜を好きになる人、それから夏。夜も嫌い。

こんな自己紹介、エグハでしちゃったら気まずいですよね。でも、好きなモノの話は上手くできない。「好き」を口に出すのって勇気がいりますから。


「ずっとこのハウスで過ごすワケだ。オオカミが動くのは夜だよ」

「夜？」

「夜って大体ちょっとテンション上がってきちゃうじゃん。ヤベェ夜だっ、みたいな。ビーチ行っちゃうとか、色々あるじゃん。化粧崩れても大丈夫。夜だし、まだ本気じゃない相手だし……ってことで、女の方からガンガンいってみんの」

「それが『全員に一回アタック』か。個人的に根掘り葉掘り、きいといて」

手探り状態の中で提案された、きぃちゃんの作戦。

「うん。それで深夜。本当の夜になったら、いったん引いてみる」

「待ってきれいちゃん、いったん引くとは……⁉」

「エサはバラまいた。オオカミはどう動く？　ってさ」

聖菜的にはイヤじゃない提案。エサって、適当にボディタッチとかぶりっこしとけばいいんでしょ？　みりあは自信なさそうだけど、受け身でいるのもきっと退屈だよ。

聖菜が嫌いなモノ、とっておきがもうひとつ。恋愛に振り回される人間。

彼氏ができて遊んでくれなくなる友達が嫌い。嫉妬深かった初カレは嫌な思い出。人気のある男子に告られて、なぜか女子全員にハブられたのもイヤだった。恋愛ごとで周りが見えなくなる人間はみんなバカ。エグハの出演依頼だって最初は断った。

『オオカミはどう動く?』

ごめん。そこは正直、興味ないな。ジョーカーはどう動こう?

『聖菜はジョーカー。ワルさをするかもしれないオオカミすら騙して、その場をかき回すジョーカー役なら楽しいかもよ?』

断るつもりが、裏テーマを知ってワクワク。その企みに乗っかった。

＊＊＊

私の隣に座ってちょこちょこ話しかけてくるひゅうが。大人しそうに見えて結構よく喋るふみ。

雑誌のｅｇｇを眺めてニマニマしてるプル。リビングでだべりながら、男子たちを観察してみた。やけにまったりしてて、昔から友達同士みたいな空間。

「みんな誰が気になる?」

あくびを我慢したところで、きぃちゃんが第一印象に探りを入れた。

「じゃあ、男どもは一人の女の子の名前を挙げたか、挙げてないか」

誰も具体的な名前を出さなくて、様子をうかがってる感じ。男子たちはお互いの第一印象を話し合ったはず……プルは「女の子みんなかわいい」って言ってるから、誰も選んでないんだろうな。ノリは無害そうに見えて、全身タトゥーは少し怖い。

「俺、ひとり選んだよ」

「さっすがぁ! 年上は行動早いねぇ」

きゃあ~っとテンションを上げたみりあが小さく拍手した。その手の先、隣にいるひゅうがを見る。視線がかちあって、なんとなく逸らせなかった。

「えっと……一人だけ選んだの、ひゅうがだけ?」

「うん、俺だけ」

なんの確認だろう、なんとなく聞いちゃった。さすが年上だね、って根拠のない納得を私もしてみる。第一印象なんて、この先アテになるのかな? 誰を選んだか言っちゃえばいいのに……みんなもそう思ってる? 言葉にしないのは聖菜だけ?

「みんな慎重だなぁ！　とりあえず、指令が届いてますから」

話題を切り替えるように、ふみが楽しそうに手紙を広げる。そわそわした気持ちに、ひとまず蓋をできそうでホッとした。


『ここからはフリータイムになります。男子から女子を誘って、２ショット・トークをお楽しみください』


「誘ったら一発でわかるんだ。ひゅうが、濁した意味ないじゃん！」

「別に濁したわけじゃ……えっ、みんなにバレるの？」

「どんな風に誘うの？　ひとりずつ呼んでいくってこと？」

男子たちが勝手に慌てはじめた。ここで動揺するのは、こっちだと思うけど……。

「誘われないこともあるから、ウチらは勇気を尽くそう」

「すごい、そっか、ほんとに無理！」

そう、そういうことだから。無理って言うみりあの気持ちがわかっちゃう。体育のペア決めとか絶対余りたくなかったし……ああ、誰でもいいから呼んでほしい。

「女子が目つぶって、さわってもらう？　ツンツンって」

「うわー！　誰にさわられたか、すぐわかんないやつ！」

「それはコワすぎる。さわる奴は名乗ろう！」

「プル紳士じゃんっ」

大騒ぎしながらルールが決まった。女子は背中を向けて座る。顔は伏せる。さわられても、すぐに反応しちゃダメ。どこが2ショットになったのかも後で知る。

「はい、ちんちんプルプル行きまーすっ」

まずはアホのプル。次はふみ。さわられた感触はない。最後は……ひゅうが。

「ひゅうが、行きま〜すっ！」

おちゃらけた声がしたあと、変な間が空く。……嫌いな時間！

「……っ！」

やだ、やだやだやだ！

「終わった？　は〜っ……マジウケる」

「緊張したぁ〜……」

女子ふたりが動いたのを感じて、ゆっくり目を開く。

「どうでしたか？　感想は」

きぃちゃんに質問されて、考える。

「……『おう』って感じ」

「あっは！　オウって感じだったの？」

おう。おう、そうか……って感じ。『やだ！』ってパニックになった自分と、冷静でいようとした自分。だって、あんなのイヤだった。ジョーカーにあるまじき動揺。

ひゅうがの手が頭にふれた時、息が止まった。お団子をポンポンってされて、それがすごくやさしくて、心臓が跳びはねて……イヤだった。


「びっくりした？」

「うん……普通に聖菜じゃないと思ってた」

――あぁそっか。「イヤだった」じゃなくて「びっくりした」でいいんだ。ひゅうがに指名されたのも、肩とかじゃなくて頭をポンポンされたのも、びっくりした。

「普通に、最初から聖菜だよ。緊張したわマジで……聖菜ちゃんは？」

「お団子ポンポンは……めっちゃポイント高かった」

「よっしゃ！　いや、もうね、お団子はね。聖菜しかいなかったから」

ひゅうがに選ばれて、ふたりきり。余りたくない、誰でもいいから呼んでほしい……そう思ってたから「聖菜しかいなかった」とか言われると、なんだか申し訳ない気持ちになる。いやいや、「お団子ヘアが聖菜だけ」って意味だから……。

「第一印象でよかったの、誰だった？」

「あ～……なんか、やさしいなって思った。みんなのこと」

「みんなをね。じゃあ……黒肌と白肌、どっち好き？」

おうおう、グイグイ来るじゃん。やばい、オオカミにエサをまくって、いつ？

「そういうのも特に……まぁ、あえて好きなのは小麦ぐらい？」

「うっし、小麦になろ！　この3泊4日で小麦肌になるわ」

「ふふっ、いい天気だしね。焼けそう」

三つ年上だからかな。それともチャラ男だから？　ひゅうがとの会話はテンポが気持ちいい。私が口下手で言葉を選んでるって、察してくれてる気がする。

「今回さ……エッグハウス出る時に、誰来んのかなー？　って考えるじゃん」

「うん、ぜんぜん当たんなかった」

「俺、エッグのインスタとか見て『聖菜ちゃん来ないかなー』って思ってた」

「マジ？」

「マジ。そしたらマジで聖菜ちゃん来て、めっちゃうれしい！」

ひゅうがはそう言い切って、すぐにお茶に手を伸ばした。

喋るけど、全然こっちを見ない。照れてる……のかな。今って、お礼を言うところだったりする？　チェックしてくれてありがとう、って？　なんかえらそう。

「ずっと恋してなかったから」

「へっ？」

「ほんとにしてなかったから……エグハ呼ばれたのかも」

「……そっか。じゃあ、がんばっていきましょう！」

やっぱり聖菜、リアクション間違えてるっぽいな。男子のことも年上のことも、もともとよく知らないけど、お団子タッチされてから調子が狂いっぱなしだ。

『オオカミが動くのは夜だよ』

きぃちゃんのいたずらっ子みたいな顔を思い出す。私の調子がおかしいなら、そのまま夜を迎えてみたっていいか。ここでの夜はひとりじゃないから、楽しいはず。

「……エグハがんばろ。今は夜がね、めっちゃ楽しみ」

「夜か。間違いないね！　アゲてこっ」

「アゲてく！　マジでみんな、上手く結ばれてほしいと思っちゃう」

誰かがオオカミに騙されるのか、恋をするのか。オオカミも泣かされるのか。何が起きるか予想つかないけど。ハッピーエンドだけならいいなって思う。最初から恋愛に期待してないジョーカーとして、しばらくは流れに任せて。フラットでいたい。

「一番やさしいいんじゃないの」

初めてちゃんとこっちを見て、ひゅうがが言った。おだやかな顔。

「……なにが？」

「『聖菜』でいい？　呼び方」

「あっ、ごめん！　普通に呼び捨てしてた」

「いいよ。『ひゅうが』がいい」

――あ、やだな。歯を見せて笑うひゅうがに、また心臓が大きく動いた。

2ショット・トークのあとは、女子組で集まって感想を報告しあった。

ちょうど夕日がきれいな時間。今が男女の2ショットだったら、もっと雰囲気出たんじゃないの、なんて呆れつつ、海辺のサンセットなんて誰と見たってうっとりする……とも思う。たぶん聖菜は、誰と何をするかよりも「ひとりじゃない」ことを求めてる。今日は昔を思い出すこともあって、自分の本質が嫌でもわかる。

「男子とふたりになると上手く喋れない」って、へこんじゃったみりあ。

プルに「強めのギャルが好き」って言われて、まんざらでもなさそうなきぃちゃん。

ふたりとも、心が澄んでるや……聖菜の本質。何かに夢中になる勇気がない。

ブルーにもオレンジにも染まれる、海みたいにきれいなふたり。どうか、彼女たちが悪いオオカミに捕まることがありませんように。それから、この南国ではちょっとだけ――いつもの自分じゃなくなって、夢中で頑張れますように。

Season2 chapter・3 〈みりちゃむ〉

アムラー世代・元コギャルのママ生まれ埼玉育ち。『みりちゃむ』です。

本名は大木美里亜。令和を生きる生粋のギャルとして、egg専属モデルやってます。ママ譲りの勢いとノリ、ギャルマインドで何事もチャレンジしてきたけど、十七歳っていろいろある。悩みの種を踏みつぶしたら弾けて増える、はぁ？　みたいな。クソだるい時期なんだよね。「試練の年」ってやつかなぁって思ってた。

そしたら、エグハのオファーが来た！　仕事のＮＧほぼないし、恋したかったし、もう即決。恋愛経験の浅さがネックだけど、それも試練じゃん！　ドＭですし。

……試練の壁デッカ！　ふみが呼んでくれた2ショット・トークはだいぶ撃沈。男子とかしこまってツーショとか、なに喋っていいかわかんなかった。三歳差っていうのもデカい。だって、ちゃんとした恋愛したことないんだよ。友達の紹介とか、バイトの先輩と流れでとか、何気に始まって長続きしたこともない。十七歳ちゃむ的願望がある。好きになった人と結ばれてみたい。ちゃんと恋愛、してみたい！

初日の晩ごはんはカレーに決まった。いいね、林間学校っぽい！　休みがちだった中学のときに行きそびれたから、友達とカレー作りにはちょっと憧れてた。まぁエグハは友達止まりじゃつまんないし、モデルの先輩ふたりより働かねば、だけどね。

野菜を洗って、皮をむいて切る。にんじん小さくしたい……聖菜ちゃんに「包丁使うの上手！」って言ったら、小さい頃からやってたって教えてくれた。えらいなぁ。

きれいちゃんは、プルとの2ショットが楽しかったみたい。すでにプルの扱い方がプロ。ひゅうがくんは聖菜ちゃん一直線で、なるべく近くにいようとしてるのがわかる。ターゲット見つけるの早いな。距離の詰め方も早い。

「カレー煮込んでる間にトランプしない？」

ひゅうがくんの一声で始まった暇つぶし。大富豪で騒いだあと、みんなガチになったのはジジ抜きだった。ババ抜きはジョーカーがハズレだけど、ジジ抜きはハズレのカードが最後までわかんない。運と心理戦。最後までペアを作れないって、エグハの結末だったら泣けるよね。当然、うちらが始めたのは普通のジジ抜きじゃない。

ビリになったら罰ゲーム！　最初のビリは……わたし、みりちゃむ。最悪だ！

罰ゲームの指示が書かれた紙を、恐る恐る広げる。

「ふみひろに……うしろから、抱きつく⁉」

「ありがとうございまーすっ」

「待って！　普通に恥ずいんだけど！」

運営が用意した紙ですらないし、ふみは乗り気だし、誰だよ罰ゲーム考えたの……

きれいちゃんとプルだったぁ～！　モノマネとかでいいじゃん！

「いーち、にーい、さーん、し～～～～～い」

「ねぇ～っ長い！　なーがーい‼」

勢いでがっつり密着しちゃった。みんなふざけてダラダラ数えるし、鬼！

ふみの体温しっかり伝わってきちゃうんですけど……ウエスト細くない？　うらやましー、腹筋動いた、とか観察モードに入って羞恥心を散らす。一生長い十秒だった。

「やばっ！　ウチが考えた罰ゲームなんだけど！」

2ラウンド目は、きれいちゃんがビリ。お相手はまたふみふみ！　罰ゲームの内容は『エロくキス寸止め』……自爆じゃん！　でも、ちゃんとエロくてさすがすぎた。

テーブルにお皿を並べてたら、ふみが「おれ汗臭くなかった？」ってきいてきた。

繊細か！　思わず笑っちゃったけど、わたしが照れまくってたからフォローしてくれたのかも？　変な火照りも治まったし、カレーはおいしくいただきましたよ♡

思ってたより辛口でビビったけど「からい」とは言えなかった。大人のカレーだからしょうがない。和気あいあいって感じでも、これは林間学校じゃない。大人な男女6人の3泊4日なんだ。それを実感して、またちょっと変な汗をかいた。

＊＊＊

「カレー、マジで辛かった」

「なんか意外。聖菜ちゃんが一番ヒーヒー言ってたもんね」

「自分専用の甘口だけ作ってたからね。耐性なし！」

「自分専用？」

「そう。あ、でもマスカットは超甘かった。また食べたいなぁ」

自分のぶんだけ、自分で料理してたってこと？　小さい頃から？

聖菜ちゃんはモデル仲間。当たり前だけど、私生活や過去のことはよく知らない。深く聞かない方がいいこともあると思う。でも、わたしは中学校で上手く生きられなかったから、コミュニティは何個でも作っておきたいし、友達もいっぱい欲しい。

「今日、きれいちゃんと聖菜ちゃんのこと改めてすごいなーって思いました」

きょとんとした顔で、聖菜ちゃんがこっちを見た。涼しい海の風が届く、夜のバルコニー。２階からは男子たちの笑い声。もう０時近いのに全然眠くならないや。

「みんなでさ、リビングで寝るって……緊張しません？」

「緊張は別に……いびきかく奴いたらやだな」

「やっぱすごいって聖菜ちゃん！　罰ゲームも照れてなかったし」

「プル相手に照れようがなくない？」

それもそうか……いや、それは失礼か？　たしかに、プルはノリがシモくて軽いっていうか、いちいち面白い。きれいちゃんいわく、「シャイの照れ隠しだよ」ってことらしい。そんな分析力も、わたしにはまだなくて。

「私は、みりあみたいになりたい……って思った」

「えっ？　なんで、どこで？」

「私、照れたら負けって思っちゃうから。振り回される側になったらアウト。平常心でいようとしちゃう。だから、すぐ顔に出るちゃむは素直でかわいいよ」

「えぇ～っ……完全に弱点だと思うんですが……」

すぐ顔に出る、が図星すぎて……ほっぺをグニグニこねる。かわいい、ですか？

「恋愛むずいって言ってたけど、友達でも家族でも、人間関係って似たようなもんだし。喜怒哀楽は伝えて、知ってもらった方がいいんだよ」

これは自戒――聖菜ちゃんが、そう付け足して笑った。

「そこでイチャイチャしててもいーんですけどぉ、オオカミが動き出したら一緒にはっちゃけられるんですかー？」

「きれいちゃん！」

シャワーを浴びてたきれいちゃんが戻ってきた。

「あ、きぃちゃんイイにおい」

「サボンのボディクリーム、ガン塗りしてきた」

「やば、なんの気合い？」

そうだよ、そうだよ！　寝るだけなのになんの気合い？

また緊張がぶり返してきたけど、聖菜ちゃんが言うにはそれでいいのかな。照れるとか、緊張するとか、言っちゃった方が予防線っぽくなる……気がする。

「てか見て、満月だよ」

「あー……ほんとだ、青い。ちょっと不気味」

空を見上げたら、なんで今までスルーしてたんだろってくらい大きい月があった。

ぴゅう、って冷たい風が吹いて、満月を見つけたばっかりのきれいちゃんが「湯冷めする！」って部屋に飛び込む。なんか、きれいちゃんもほんとすごい。

「不気味って、聖菜ちゃん。こわいってこと？」

「……そう、かな。うん。怖いって思った」

確認するみたいに月を睨んで、頷いた聖菜ちゃんはかわいかった。

＊＊＊

リビングの電気は消えたのに、満月のせいですごく明るい。暗いけど、見える。

ベッドルームからマットレスを持ってきたり、ソファに寝転んだり、6人がごろんとしてるリビングは昼間よりせまい。

ここだけの話。撮影クルーが帰ってから、寝る直前まで王様ゲームで盛り上がってた。スタッフっていうストッパーがなくなったからか、どんどん過激になって。きれいちゃんがプルの首にキスしたの、めっちゃエロかった。Tシャツの下にはタトゥーがあるんだよなぁ……とか、バカなに想像してんのヘンタイじゃん！

わたしは、ひゅうがくんに耳打ちで「かわいい」って言われて頭バグった。

さっき聖菜ちゃんに言われたときは、こそばゆくて。ひゅうがくんの声は低くて、甘くて。ゲームなのにクラッとして……「どうもです」って、謎の返事をしてしまった。

ショッキングだったのは、聖菜×ふみのキス。口と口でしっかりチュー！

聖菜ちゃんは、バックハグも必死だったわたしとは大違い。「平常心でいようとする」ってのを実践したのかな？　ふみは真っ赤になってた。普通になるよね。

そろそろ寝よっか……って横になってから気付いた。王様ゲームで沸いたペアに自然と分かれてる。誰かの小さい寝息が聞こえ始めて、それからクスクス笑い声。

「ばぁか」

きれいちゃんの声。ゴソゴソって音がして、ひえ～ってなりながら耳をすませちゃう。プルが隣で寝てるんだよね？　なにか、お戯れになっているのでしょうか……。

気になって永遠に寝れない！　ちょっとスマホいじろう……って寝返り打ったら、目の前にひゅうがくんの顔があって声が出かけた。口をぎゅっと、への字。

びっくりした……。あ、このひと起きてる。笑ってる。

「……眠れない」

小声で伝えたら、またニヤニヤ。薄目を開けたひゅうがくんと目が合う。少し茶色い目。ネコとかキツネっぽい、オオカミ感はない……って、油断しちゃダメダメ。

きれいちゃんは「ひゅうがは小悪魔っぽい」って言ってた。年上の余裕がそう思わせてる？　年上の余裕なんて、周りが感じるだけかもしれない……だって、聖菜ちゃんとふみがキスしたとき、あんまり見てなかったもん。これも、わたしの思い込みかもだけど……気になって、スマホに打った文章を見せてみる。

『聖菜ちゃんとふみのキス　大丈夫だった？』

画面を見た茶色い目が、ちょっと細くなる。

それから、また口元だけで笑った。

「まだ分からないから」

――聖菜ちゃんたちがどうなるか？　それとも、ひゅうが自身の気持ちが？

まだわからない……まだ、何も。一日目の夜なんだから。２ショットでふみに「最初に選んだ」って言われてうれしかった。体温にもドキドキした。今は、ひゅうがくんの強い目にドキドキしてる。どんな組み合わせも未知数だよね。

彼は第一印象からずっと、聖菜ちゃんが気になってる。それは明らか。

でも、思い返すと進展するチャンスはあんまりなかったんだ……そうだ。エッグハウスは、待ってるだけで自分の番が回ってくるわけじゃない。

時間は少ない！

ドンマイ、明日から気張ってこう！　の意味で、握り拳を見せる。

「……かわいい」

「へっ」

「俺らもしとく？」

なにその、とりあえず「しとくか」感！

――このツッコミは、オオカミ……じゃなくて、ひゅうがくんのキスより遅かった。

Season2　chapter.4〈きぃぃりぷ〉

「聞いて聞いて聞いてっ！」

プルが超笑顔で階段を駆け下りてくる。朝一のテンションじゃなくね？

「昨日、寝る前オレら二階にいたじゃん？　その時、流れ星がビューって来たのね。そしたら、ひゅうがが『流れ星！』って騒いで、次の瞬間『聖菜といられますように！聖菜といられますように！』とかお願いしてんの！」

「え〜っ！　カワイイんだけど。３回言ったの？」

「いや……２回しか言えてない」

決まり悪そうなひゅうがは、指を折って答えた。しおれたピース。

「じゃあ、叶わないよ」

そこに聖菜がバッサリ。あんた低血圧の女なんだから、真顔だし声のトーンもナイフみたいだよ……でもまぁ、願い事は３回って言うしね。

「ざんねーん。聖菜さん、ときめいてません」

「クッソ〜！　あの純情はバラしておくべきだと思ったのにっ」

大げさに落胆するプル。何か仕掛けたいって気持ちはウチもわかるよ。

恋の矢印が動き出すのって、だいたい２日目からっしょ！

まずは、ハウス近くのキッチンカーへ。

南国感じながら外で朝ごはんとか、マジ勝者だよね。寝巻きから着替えはしたけど、女子はまだすっぴん。最初っからさらけ出せちゃうと、後がラクでいいわ。

コーラで乾杯して、スパムサンドにかぶりつく。うまっ！


全員食べ終わりそうなところで、一発目のミッションが届いた。

「今日は、沖縄満喫アクティビティで思いっきり遊ぶ日です♡」

ちゃむが説明してくれる。ビーチで乗馬体験チームが２名。サーフィン体験チームが４名。ふーん……ペアとグループって、絶妙な分け方してくるじゃん。

「モンゴル生まれ、モンゴル育ちのちんちんプルは乗馬が大得意です！」

「あ〜、うんうん。ちょー乗れそう」

「馬より前走ってそう」

「もっとアガってよ！　簡単じゃないんだよ乗馬！」

プロ級だって胸を張るプルに、特に誰も驚かなくて草。アピールを受けた流れで、プルは乗馬体験に決定。……ビーチで馬に乗れるとか、めったにないな。

「ウチやってみたい。乗馬」

「マジっ⁉　かわいーんだよお馬さん！」

おもしろそーっていうのと、本場の馬さばきを見てやろうじゃんっていう気持ちも、ちょっと。馬は正面見れないから、ちょっと横向いて歩くらしい……へぇ。

前のめりで馬の習性を語るプル。気が早いし、なんかすげぇうれしそうだね？

異論なしってコトで、自動的に他の４人はサーフィン体験になった。チーム分けがスムーズにいって何よりだけど、はたから見たら海組はダブルデート。ひゅうがは聖菜狙いだからチャンスだけど、今朝の空振り具合からしてどうなるか？

報告会が楽しみ！　ウチはウチで、マジで馬ちゃん乗りこなしてみせるから。

＊＊＊

海組とバラけて、プルとやってきた乗馬場。

海のそばで、静かでイイ感じ。ウチはアクティブにお色直しして、レザー風ショートパンツのオールインワン。髪はアップ、首元にはスカーフ。カウボーイ意識してみたけど、これだとモンゴルじゃなくてアメリカ？　まっ、カワイイからいいか。

「馬はマイメンだから。すぐチューしちゃう♡」

「馬で学校通ってたからね。チュー♡」

「マイメンなんだ？」

半裸男にチューされてもおっとりしてる。今日のきぃぃりぷに負けず劣らず、馬もバリかわなんですけど！　プルは「この子いいな〜」って、白い子を相棒に選んだ。ウチが選んだのは、撫でたら鼻を寄せてくれた茶色い子。またがる時にちょっとビビったら、プルが腰を支えてくれた。ナチュラルすぎて、マジでプロ。


スタッフに馬を誘導してもらいながら道に出る。映画とかで見た、ザ・沖縄の原風景みたいなロケーション。丘を越えたら海が見えてきた。気持ちよすぎ！

「マジでサマラブって感じだなぁ」

「サマラブだねこれは！　最高っ」

振りむいたプルに超同意。シチュがね、これは完全にサマラブでしかない！

プルのコーデは全身白系だから、白馬に乗ると予想外にサマになってた。シャツのボタン外して胸はだけちゃってんの。すぐ脱ぐじゃんってツッコみたいけど、馬×タトゥー入った男の野生み、普通に超イイ。カッコいいよ。

「綺麗！　見てて」

乗馬場に戻って、モンゴル仕込みの乗りこなしも披露してくれた。スタッフなしで、馬と息を合わせて。気のおもむくまま、って感じに風を切って。

「モンゴルの景色見えるー！　行ったことないけど」

「カッコいいー？」

「足長いからさぁ、かっこいーねっ」

「でへぇっ!?」

「お馬さんがね！」

褒めたら調子こくだろうから。こかせませせん。

バランスを崩しそうで崩さない、ちゃんとプロ級なプルを見てケラケラ笑っちゃった。でも、ちゃんと見てたよ。カッコいいとこも。

「ありがとー♡　お疲れさま♡」

「今日からお前らもマイメンだぜ〜」

「ほんと良かったよ、マイメン感。乗りこなしてる感じ」

お馬さんにお礼の野菜スティックをあげながら、改めてプルを褒めてみた。

「マジ？　……ホレた？」

乗馬中と別人レベルの小さい声。シャイなんだよなぁ。

「君もね……すごく良かった。茶色いお馬とおそろコーデで」

「かっこよかった？」

「うん、とっても……まるで、ふたりで遊牧民やっていけそうな気がした」

ふたりで遊牧民。コレどんな口説き方？

「いや、大丈夫。あなたウチのことまだ乗りこなしてないんで」

「いっしょにモンゴルで、遊牧民になろうよ！　これで君も遊牧民。ふたりで羊と馬と牛飼おうよ！　犬3匹くらいと、子供3人くらいとさ！」

「あ、じゃあ猫も……じゃなくて、まず乗りこなせ。ウチじゃじゃ馬だぞ」

いっしょにがんばろうよ……って、しぼんでくプル。モンゴル式アピールはガチ度がわかんないし、ぶっちゃけ狂気だけど。ちょっとだけ、かわいく見えた。

乗馬体験、無事に終了！　撮影クルーの迎えを断って、歩いて帰ることにした。

沖縄って国際通りとかより、こーゆうのどかな道の方がわりと好きかも。

「あっ！　ねぇハイビ咲いてる！」

真っ赤で大きなハイビスカス。派手でアガる！

「モンゴルでは見ない花ですね〜」

「ハイビって二十年くらい前？　ギャルに爆流行りしたんだよ。今またちょっとカワイイって来てて、ウチも絶対似合うんだよねぇ……えっ、なにその顔」

馬を愛でるような、慈愛にあふれた顔ですよ。お兄さん。

「似合うねぇ。絶対似合う。ひまわりも似合うと思う」

「ひまわり？　言われたことない……バラは言われた。無駄に主張強くてトゲがあって香水きついって、メッチャ悪口！」

「そんなこと言うヤツ、馬にも蹴らせてやりません！」

「わっかる！　お馬ちゃんがかわいそう！」

手叩いてウケたら、またさっきの顔。

なにマジ、ウチのこと馬だと思ってる？　チューされる？

「海、太陽、サマラブときたら、ひまわりでしょ。綺麗に似合う！」

「ぷっ……まぁ、ひまわり好きだよ。ありがとう」

遊牧民になろう、の唐突さを思い出して吹いちゃった。ウチも、思ったことはとりあえず言っちゃうからわかる。返事の良し悪しはどうだっていいんだよ。

今、目の前にいるなら言っておきたいだけ。プルの言葉にはウソがないって思う。

＊＊＊

「あれっ、あんま焼けてなくない？」

「いや、けっこー焼けましたよ……ふあぁ」

「そして眠い……あふっ」

あくび殺せてないんだけど。全組アクティビティを終えて、ランチも済ませて昼下がり。女子メンバーの報告会が始まった。

海で遊んできたちゃむ＆聖菜は、ウチよりだいぶ疲れ気味。元カレがサーフィンやってたけど、すべては体幹だし集中しないと溺れる。ぐったりするんだよね。

「はっ！　プルプルとふたりっきり、どーだった？」

「昔のモンゴルって、一夫多妻制だったんだって」

「なんすかその話。馬は⁉」

「馬はちょーかわいかった！　プルも上手かったよ」

ほんと思ってたより男前だった話と、遊牧民になろうって誘われた話。

乗馬はプロ級でも、ウチのことは乗りこなせてなかった話をふたりにした。

「ひゃあ！　結婚を前提に、じゃん！　いっぱい動物飼っちゃおうよ」

「いやいや展開早いわ。そのノリあらゆる女に言ってるでしょ、つったら『モンゴルの初代皇帝は一夫多妻制で……』って。お前、皇帝じゃねーだろ！」

「ウケる。ずっと漫才しててほしい……」

みりあは謎に胸きゅんしてるし、聖菜は肩震わせて「続けて」だとさ。

実際、どうなっていくんだろ？

今日はマジたのしかった。サマラブの気配も感じた。

でもさ、プルは「女の子みんな大好き」ってスタンスだかんね。

そのわりにシャイで、褒めると照れる。皇帝には向いてないな。

「海組はどうだったの？　やっぱ、ひゅうがは聖菜に……」

「私、後半ずっとふみふみといましたよ」

「えっ！　なに、なんで、教えてっ」

「ちょっとサーフボードで事故って、休んでたら来てくれたから」

ひゅうがぁ！　なにやってたんだお前！

「ちゃむは、ひゅうがくんとサーフィン乗りました」

エグハァ！　組み合わせ予想、入れ替わってるじゃん！

「やっぱ何も読めないわ……でもさぁ、朝プルが暴露したじゃん。ひゅうがの流れ星のやつ。聖菜といたいーって。やっぱ2回はダメだったか」

「ひゅうがは……気のあること言ってるわりに、こっちに来ないですよ」

「引かれないようにセーブしてるのかも……」

みりあがフォローするように言った。たしかに、序盤からわかりやすくアピってたから聖菜が引いちゃうかなーって、思わなくもなかった。

「ちゃむとひゅうがの方が、お似合いじゃない？」

「えっ……」

「いい感じだったよ、ふたりとも」

聖菜は、からかってるわけでも不満そうでもない。

今の状況を自分でもわかってないな、こりゃ。みりあも困ってるぞ。話だけ聞くと、警戒するべきオオカミって、ひゅうがだけな気がしてきたな……。罪な男。

ってか、「オオカミを見抜くために総アタックしよう」とか言っといて、ウチはプルとばっかかいるじゃん！　ぜんぶ楽しんでるから別にいいけど……他の男子に今さらちょっかいかける気もしないし。海組のカオスに首つっこみたくもない……。

——なんて、考えてたらスマホが鳴った。

「おっと～？　新しい指令でーす。えー、続いては……」

『女子から男子を誘ってフリートーク』

読んでから、ふたりを見た。出方をうかがう。なんかタイミングが……ねぇ？

「……えっとぉ、誰を誘いたい？」

聖菜は口元を手で隠した。少し考えてる。これ、聖菜のクセ。

「聖菜、ふみふみと話したいです」

「ちゃむは、ひゅうがくん……」

「……オッケー！」

いーじゃんいーじゃん！

みりあが小声だけどはっきり「ひゅうが」の名前を出したの、マジで楽しくなってきた。海で相当いろいろ動いたんだな。

気になったら、どんどんやっちゃえばいいんだから。ウチ的には一瞬、３人でひゅうが呼んで詰めてみてもいいなーとか思ったけど。

じゃあ、きぃぃりぷはまたプル？　って、それもウチが決めること。

まだまだ展開が読めませんよ～？

Season2　chapter.5〈みりちゃむ〉

「ちゃむは、ひゅうがくん……」

言っちゃった！　言っちゃったよ！

海で遊び疲れた眠気も吹っ飛ぶ、フリータイムのお知らせ。女子から男子を誘って2ショット・トーク。女子から誘うのかぁ……って一瞬ひよった。

◆◆◆

千葉とか湘南とはちがう沖縄の海は、ウソみたいに青く透きとおってた。

わたし、聖菜ちゃん、ひゅうがくん、ふみふみ。

みんな初心者ってことで、まずは砂浜でしっかりサーフィンのレクチャーを受けた。がっつり1時間。

エグハってことを忘れつつあったけど、海で実践し始めてからイッキに状況が変わった。わたしとひゅうがくんでサーフボードに乗って、波乗りしまくり！

先生がてきとーに分けたんだよ？　それでも、ラッキーって思っちゃった。

初日の夜、「俺らもしとく？」って超軽くキスされて（オオカミじゃん！）って震えたけど……うわぁ大人の夜だ～って、ドキドキしたのも事実。睡眠不足確定。

寝不足の朝に聞いた、ひゅうがくんが流れ星に祈った話。祈ったあとに、王様ゲームで聖菜ちゃんとふみのキスを見てるんだよね。それでいじけて、ちゃむにキスしたのかな……って思うと、かわいくない？　おかしいかな、この感覚。

サーフィンしてる途中でプチ事件。

大きな波で裏返ったボードが、聖菜ちゃんに激突しちゃったんだ。ひゅうがくんと2組分のボードを返却しにいって、パラソルの下で休んでる聖菜ちゃんのところに行った。「気にしないで遊んできな」って笑ってくれたけど、いやいや心配じゃん⁉︎

でも、そこにふみが「あ、やべぇ2本しか買ってない」ってポカリを持ってきた。気が利くぅ！ ポカリを受け取った聖菜ちゃんはうれしそうで……あらら？ これはふみふみのチャンスタイムでは？ と思って、ひゅうがくんを見た。

「……俺らもなんか飲もっか？」

つい、ついつい「俺らもしとく？」を思い出してしまいました。

──そのあと、ひゅうがくんとノンアルの映えカクテルを飲んで、海の家でカレーを食べた。3口くらい食べて、待って昨日もカレーだったじゃん！ って爆笑。

「においヤバかったしな。実際めっちゃウメェし！」

「おいしいっ！ このくらいの辛さがいい……ってか、外で食べるとなんでもおいしいのかな？ ちゃむアレやってみたいんだ、はんごーすいさん」

「外で炊いた飯マジうまいよ。合宿とかでやらなかった？」

「ないんだよねぇ。中学不登校だったし、高校は通信だったから……」

ぼやいてから、スプーンをガチッて噛んだ。広がらない話しちゃった。

「じゃあ今度キャンプ行こうよ！　俺けっこーハマってってさ」

「えっ……うん！　行ってみたい！」

「ファミリー向けなら、キャンプファイヤーもできるから。あっ、虫が苦手だったら温泉とかあるホテルばりのキャンプ場でも……」

いいなぁ、想像するだけで楽しい。ありがたいな、ひゅうがくんの反応。

うっかり学生時代の話をすると、なんかごめんって反応されちゃうことが多かった。

それがわたしの半生だから、全然ごめんじゃないのに。

「……つっても、俺はおしゃれキャンプ場行ったことないから！　まだ女の子とキャンプ行ったことないから！」

「あっはは！　何も言ってないじゃん。ガチキャンプでもいいよ」

「おっ、マジで？　火起こしとか燃えるよ」

小さな火種を消さないように、大事に育てんの――ひゅうがくんの話を聞いて、森の中のキャンプをイメージした。火が点いたみたいに、胸があったかくなった。

聖菜ちゃんたちと合流するときに、「カレーはやめよう」って焼きそばを差し入れした。こんなにちゃむといていいの？　ってききたかったけど、言わなかった。

◆◆◆

自分でも上手く説明できない罪悪感を抱えたまま、フリータイムの指令が来た。

海ではチャンスがなかったひゅうがくんが誰に呼ばれたいか、考えるまでもない。

聖菜ちゃんも、わかってるよね……って胃がキリキリ。

そしたら、まさかの聖菜ちゃんは「ふみふみと話したい」って言うから。それなら……それなら、今のわたしは。ひゅうがくんに行きたい。勇気を出してみた。


「ウチは一番、みりあがどーゆう風に行くのか楽しみだよ」

「わたしですかっ？」

楽しそうなきれいちゃんに言われて、声がひっくり返る。

「うん、ひゅうがにね。行くならいっちゃえ」

「みりあはねぇ、もう食べてほしい。パクッといっちゃってほしい」

聖菜ちゃんまで。三角関係になる心配は、いらないってこと？

「じゃあ……今夜いただきます。ガウッと」

長い爪を見せて、逆オオカミのポーズ。

逆オオカミってなんだよ。ちょっとふざけないと、正解がわかんなくて場が持たないんだよ！

「聖菜はさ、なんでふみふみなの？」

「うーん……昨日の夜から思ってたんですけど。全部をほんとに率先してやってくれるじゃないですか。洗い物とか、ゴミ集めとか……めっちゃ意外で」

あぁ、たしかに……ふみふみってマメだよね。えらいよねマジ。気付いたら手伝うけど、気付けることがすごいんだと思う。いびきはクッソうるさいけど。

「あと、サーフィンですれ違った時に『聖菜がんばれよー』みたいな、ちょっと遠めなのに言ってくれて。みりあにも言ってたじゃん」

「言ってくれた！」

「だから、平等に気遣えるんだなーっていうのも。いいなって」

「なるほどねぇ～、ウチはふたりがカブると思ってたよ。ひゅうがで」

ちゅどーん！　きぃぃりぷの一撃！　それそれそれ。

「ひゅうがは、海で聖菜に来なかったから大丈夫」

聖菜ちゃん的には、暑苦しくても引くけど、来ないのも何？　ってなるとのこと。その気持ちは超わかる。

でも、今日のひゅうがくんは「来なかった」のか「行けなかった」のか、その違いは大きいと思うわけですよ……。

「聖菜の反応もさびしーんじゃない？　流れ星に願っても叶わないよーとかさ。次のトークも誘わないわけだし。脈ナシって思われちゃうじゃん」

きれいちゃんのとなりで、こくこく頷いちゃう。

「今朝の……私の言い方は、まずかったかもだけど。他に返し方がなかったっていうか……そもそも、流れ星が助けてくれるわけないし」

「そこぉ？　ロマンチストなんだよヤツは！」

「聖菜ちゃんらしい……」

わたしは、聖菜ちゃんのそういうところが好き。友達になりたいって思った理由のひとつ。リアリストっていうの？　現実は現実だから、ってわたしも思う。

「きれいちゃんはプル誘うの？」

「いや、今日はさすがに話すことないし。逆にふみふみ行っとくか！」

「ふみふみモテモテだ！　いっしょに行きましょ」

ふたりともカジュアルにカブらせていくじゃん！

ひゅうがの奪い合いになる……ってひよったみりちゃむ、ダサいじゃん！

「乗馬で調子乗ってたから、ちょっと寂しくさせとこ」

「プルいじりだ」

「プルいじり決行。どんな反応するかなー」

あぁ、やっぱりきれいちゃんの悪だくみ。

ふみともゆっくり話してみたいっていうより、プルの気を引くためなのかな。今日楽しかったなら、向こうも期待してるだろうし。

聖菜ちゃんも、ひゅうがくんの気を引きたいんだとしたら……？　いやいや！

わたしが勝手に推測することじゃない！　フリータイムは明るくいこっ！

＊＊＊

「聖菜ちゃんじゃなくて、ごめんなさいっ！」

罪悪感、爆発。明るくいこうってアゲたばっかなのに。

「いやいやいや……むしろ誰も来ないかと思ってた」

「誰も？」

「そういうパターンもあるっしょ。だから、ありがと」

みりあが来てうれしい、ありがと♡

……ではないよね、そりゃあね。早々にくじけそうですわ。

「ぶっちゃけ、ひゅうがくんはもうガッツリ聖菜ちゃんでしょ？」

「まぁ、そうかなーって思いつつ……でも、聖菜とふみを見ちゃったのよ。サーフィンも休憩中も一緒にいたから。気まずいな〜って、あのふたり見てた」

やっぱり、ひゅうがくんは「行けなかった」んだ。

「どうすっかなーって気まずかったけど……最後にサーフィン楽しかったから。みりあと波乗って、楽しかったから。今、うれしい」

うれしい。――みりあにそう言ってくれるなら。もう一歩、踏み出せる。

「わたし、そこでぶっちゃけ……ちょっと気になった」

……ウソ。ほんとはチューされてから、ずっと。

海でいっぱいお喋りしてから、きっともう大好き。

「マジで？　俺のこと？」

ひゅうがくんの顔がバババッて赤くなった。

「はあっ!?　なんでっ、照れるの！」

「照れるって！」

「平気でキスしたくせに、オオカミひゅうがのくせに！」

「オオカミっ？　いやアレはさ、夜ってあるじゃんそういうスイッチが！」

けしからんスイッチだな！　胸をボフッてどつく。

「いって！　ははっ……いいよね、みりあの拳」

「……おぬしもドMですか？」

「ちげぇって。あと、『オオカミひゅうが』もよかった。ひゅうがって呼んで」

胸元に置いた手を取って言われる。

みりちゃむは流れ星じゃないから、そのお願いは1回で叶います。

「ひゅうが」

「うん？」

「ちゃむは攻めていくから覚悟してね」

わたしは聖菜ちゃんでもないから。むりやり振り向かせるしかない。

勝算はないけど、根性はある「大木美里亜」を見てほしい。

Season2 chapter・6〈聖菜〉

フットネイルの模様もくっきり見えるほど澄んだ水が、一瞬のうちに黒くなって、海の底から白いくらげが無数に上がってくる。よく見ると、うねうねと揺らめくそれは人の手だった。足を掴まれて海中に引きずり込まれる。深く、深く、深く……。


「もがきながら目を開けたら、真っ白な顔がたくさん……」

「ぎゃあ〜〜〜っ!! もういいギブギブ!」

みりあが耳をふさいで絶叫した。けっこう上手く話せたかな?

2ショット・トークのあと、リビングに集まってみんなで怪談話。それなりに怯えてみたくても、サーフボードで打った腰の痛みで気が散った。ぜんぜん軽傷だけど、ソファの座り方によってはズキッてするんだよね。

海は楽しいけど、悲しい話も多いよね……きぃちゃんがわざとらしく言って、部屋が静かになったタイミングでインターホンが鳴った。

「っだあーーー！　びっくりしたぁ!!」

飛び上がったひゅうがが、玄関を見に行かされる。一緒に戻ってきたのは……。

「皆さんこんばんは、リョウヘイです……」

懐中電灯で顔を下から照らしながら登場したのはリョウヘイくん。シーズン1できぃちゃんを寂しい女にした人だ……って言うとヒドいか。面白い人なのは知ってる。

「本日夜は！　青春エグハ肝試し大会を開催します！」

男女ペアでの肝試し。急な告知に悲鳴とブーイングが上がった。私はとりあえず拍手。悲鳴を上げたのは、みりあとひゅうがだね。

ルールも説明された。真っ暗な海辺へ続く道を、ふたりで手をつないで歩くだけ。最後のゴール地点で、ラブラブな写メを撮る。ただのツーショじゃダメ。

「ペアは、これまでの流れを見てきた僕が決めました」

今回の組み合わせは、リョウヘイくんの独断。一組目はプル×きぃぃりぷ。恐怖に強そうなペアだけど、リョウヘイくんが言うには「綺麗の意外な乙女さに期待♡」

……らしい。「これまでの流れ」って、私の場合どう思われてるんだろう？

「二組目は……ひゅうが！　みりちゃむ！」

ぱっと、みりあを見る。目が合った。顔、青いじゃん。

「ちなみに、みりちゃむはめっちゃビビりだそうですね」

「富士急のお化け屋敷でギャン泣きして腰抜けた……」

「リニューアルしたやつヤベェよね！」

ひざを抱えてすでに笑えてないみりあに、ひゅうがもその時の恐怖を語った。みりあとひゅうが。怖がり同士のペアなら、肝試しもやりがいあるんだろうな。

「残るは、聖菜とふみひろペアってわけで……ビビりいますか？」

「……心スポはマジ嫌い」

ふみふみが答える。私も嫌い。心霊スポットにわざわざ行くようなパリピじゃなくて安心したよ。……あぁ、でも、肝試しまで一緒になるのは予想外だったな。

気遣いができるふみふみに好感を持ったから、夕方のフリータイムで声をかけた。

『好きになってもいい？』

照れながら立てられたお伺い。いいに決まってるよ。聖菜に拒否る権利はないから……って伝えたら、ひゅうがの話になった。『聖菜はあんまり積極的に来られるの無理みたい』って言ってたらしい。きぃちゃんにも言われたこと。

脈ナシと思わせてるよ、って指摘……私の態度はきっと厄介なんだと思う。扱いづらいやつだって自覚は昔からあった。そんな自分がこんなにも、心底嫌だと思ったのは……このエグハが初めてだ。今、ちょっとリョウヘイくんの独断を恨んでる。

私、ひゅうがと話す時間を作るべきだった。みんなに言わせちゃうほど、冷たく見える態度だったことを謝りたい。——謝って、どう思われたいんだか。

バカみたい。一秒ごとに変わる感情に振り回されてる。ジョーカー役なんだから、もっと賢く動きたかったのに。その場の思いつきで動いちゃってる。

＊＊＊

「プルもけっこービビりだったわ！」

余裕で肝試しから戻ってきたきぃちゃんが笑う。

「このまま、このペアでまとまるのかな。聖菜はどう思う？」

「……リョウヘイくんは、そう思ったんじゃないかな」

ひゅうがに手を引かれたみりあが、下を向いて歩いてくるのが見えた。

「まとまっていいの？　って、聖菜にきいたんだけどね」

「どういう意味かわかんないよ……」

「マジ真っ暗だった！　死ぬかと思ったぁ〜！」

ふらふらのみりあを抱きとめて、よしよし。私とふみふみが出発する時間だ。

きぃちゃんには私が乗り気じゃないこと、すっかりバレてるや……それでも「ファイト」って送り出してくれた。みりあは肝試し、どうだったかな？

ゴールでどんな写真を撮ったんだろう。ドキドキしたかな。みりあはもう、ひゅうがなのかな。完全に好きなの？　頭に浮かぶことをひとつも口に出せない。

「せーいなー、行くよー」

「はーい」

ふみふみと手をつないで歩く。肝試しの感想で騒ぎ合う４人の声が遠ざかる。目の前に広がる真っ暗な世界に駆け出して、ぶっ倒れるまで走りたくなった。

「暗すぎる……どっかで誰か、おばけ役とか出てくんのかな？」

「出てきたら、みりちゃむあんなんで済んでないよ」

「うははっ、それはそうだ……ってか、道が長ぇ！」

「長いね……わっ！　星ヤバい！」

立ち止まって満天の空を指さしたら、「びっくりした！」って抗議された。

もしや、そこそこ怖がってたりしますかね？　私、淡々と歩いてきちゃったよ。

「これだけ暗いと星もきれいだよなぁ」

「東京に戻ったら見れないよ、あぁっ⁉」

「今度はなに⁉」

あらためて空を見上げた瞬間、星が流れた。ふみふみは見てなかったみたい。

「ごめんごめん、なんでもない……ほらっ、あれゴールじゃない？」

「おっ？　おお〜っ、やっと着いたぁ……」

なんとなく誤魔化してしまった。ひゅうがの顔が頭をよぎったから。

「写真……何枚か適当に撮る？」

「うん。ラブラブでね」

「おっ、おう！」

やり直しがないように。インカメラでスマホを構えたふみふみと顔を寄せあう。

肩を抱き寄せられてドキッとした。それから——ほっぺたにキス。

「……もういいっしょ！　帰ろ！」

動揺を悟られたくなくて、からだを離した。

「ごめん！　調子乗った」

「っちがう！　いいんだよ、ラブラブ撮らないとなんだからっ」

こういうとこだ。こういう雰囲気になったとき、妙に冷静ぶっちゃう自分がいる。

「むしろ、私がごめん……ここまで来るのだって、かわいげなかったよね」

「そんなこと……まぁ、俺はカッコつかなかったけど」

頭をかいて笑う、やさしい人。私をフォローしてくれてるんだ……。

「みりあみたいに怖がりな子の方が、守ってあげたくなるよね」

何言ってるんだろう。これ以上、気を遣わせたくないのに。

「……俺は、度胸ある聖菜のこと好きだって思ったよ」

ふみふみが一歩、距離を詰めて。ゆっくりと私の両手を握った。

「謝らないといけないのは俺だ！　オオカミじゃないのに参加したから」

「えっ⁉　待って、急に……いや、なんでその話……」

男子側からオオカミの話が出てくると思わなかった……っていうか、ちょっと忘れてた。今回のエグハにはオオカミがいて、それが何匹かはわからない。

自分がジョーカーなのも忘れがちだし……私って、どこまでキャパせまいんだろ。

「俺はオオカミじゃなくて、オオカミ少年なんだよ」

「……うそつきってこと？」

「そう。女好きのチャラ男としてエントリーした……恋のきっかけが欲しくて。ほんとはチャラい経験値なんてない。今まで本気で恋すらしたことないんだ」

ふみふみの告白は衝撃だけど、すぐに納得した。

「そっか……実際、チャラさなんて感じたことないよ」

「取り急ぎ、日サロで焼いてきた」

「あははっ！　形から入ったんだ？　ウケる」

両手をぎゅっとされたまま、ふみふみを見て笑った。エグハのために日サロデビューしたんだね。そしたら、ほっとしたように笑い返されて……。

「よかった……聖菜、やっと笑った。かわいいわ」

「えっ……私、笑ってなかった？」

「空笑いっていうかさ、元気ないように見えた。肝試しつまんなかった？」

「つまんないわけじゃ……まぁ、怖くはなかったな。ひとりじゃないし」

私はおばけなんて怖くない。暗い夜道だって、うちの地元もこんなもんだし。

「誰も帰ってこない、電気も点かない部屋の方がよっぽど怖い。おばけなんて、出てくれた方がマシ……その方が寂しくないもん」

さっき笑って、何かがほどけたのかな。言葉が止まらない。

「聖菜」

ふみふみの手は、いつの間にか私の背中にあって。ぽんぽん、ってあやすみたいにしてくれた。ひとりじゃないならいいもん――子どもの私が言った気がした。

＊＊＊

「なんだかんだ、うちらが帰るの一番遅いかも……」

「肝試し大会っていうか、告白大会しちゃったな」

さっきの自分語りを思い出すと、だいぶ恥ずかしい……。

そのかわり、今は薄暗い気持ちがなくなってる。行きと同じ暗い道を歩いてるのに、ひとりで駆け出したいとは思わない。つないだ手も温かく感じる。

「ありがとう」

「はいっ？」

「元気なさそうって、ふみふみ気付いてくれたでしょ？」

「……その、やっぱ疲れるだろ。板挟み、だし」

「板挟み？」

つないでない方の手で、ふみふみが空中に矢印をふたつ書いた。

「俺と、ひゅうがにこう……来られてさ」

「……ふみふみ、わかってないな。ひゅうがはもう聖菜じゃないよ」

「えっ、そうなの⁉」

「矢印も足りてないなぁ」

みりあとイイ感じなの気付いてなかった？　みりあからひゅうがへの矢印を書いてみせたら、「なるほど……」って唸った。たぶんだけどね、って笑おうとしたけど、矢印を書きながら思い知っちゃった。きっと「たぶん」じゃない。

「聖菜の矢印は、どっかに向いてる？」

「ぶっちゃけ……恋愛的な自分の気持ちはわかんない。でも……」

フリートークでみりあがひゅうがの名前を出して、胸がズキッとした。

みりあは自分の気持ちと丁寧に向き合って、ひとつずつ行動に移してる。

「わからない、で終わらせたくない……って思えてきた」

「じゃあ、俺は……もっと好きになっていいんだ。聖菜に本気でアタックしてもいいんだ。がんばる余地があるってことでしょ?」

「……貴重な時間をいただく責任をとれるかも、わかんないですけど」

「わかんない、で終わる?」

「……終わらせないようにする」

恋愛なんかに本気にならない方がいいよ。

周りの子を見て、いつもそう思ってた。

今も、まっすぐな熱を感じて戸惑った自分がいる。私は、私に向く好意がいつもわからない。その理由をちゃんと考えたら、ちがう私に会えるのかな。

――みんながいる場所。明かりが見えた。少しだけ歩くスピードを上げた。

Season2 chapter.7〈きぃぃりぷ〉

最終日の朝。まずは場面で腹ごしらえ。ふみにサンドイッチをあーん♡してるプルを横目で見ながらスマホをチェック。来てる来てる、指令が来てますよ〜っと。

「最終日は海で思いっきり遊ぼう！　ガンガンはしゃいじゃってください！」

「うぇ〜〜〜〜いっ！」

「さいこーうっ!!」

「ソルティウォーター！」

みんな秒でエンジンかかった。プルのそれは何。塩水か。乗馬組なんて、まだ沖縄の海を堪能してないかんね。海パワーで開放感MAX！　エグハ畳みかけてこ！

女子チームで巨大アヒルちゃんを豪快に乗り回す。

「揺れる！　めっちゃ揺れる落ちるぅ！」

「ちゃむー！　わき腹つかむなっ」

くすぐったい！　ってわめいた聖菜が、みりあと一緒に海にドボン。

そこからソルティウォーターかけあって、もみくちゃ相撲スタート。爆笑しながらアヒルちゃんで浮かんでたら「お邪魔しまーす」って、プルが乗っかってきた。

「5分で一万円でーすっ」

「ぼったくりアヒルだ！」

高すぎず低すぎずな波が来るから、アトラクション感あってマジ楽しい！

うしろに座ったプルが肩に腕を回してきて、密着状態で不覚にもキュン。シャイボーイもやればできるじゃん！　海パワーってやっぱあなどれん♡

ぷかぷか漂いながら、お昼なに食べよっか～なんて話してたら、目の前をみりあとひゅうがが横切った。追いかけっこしてる。ベタか！

「あぁ～っ！　ぶつかる！」

「ふみふみポンコツー！」

ユニコーンの浮き輪に追突されて、プルが「ぐあっ」って鳴いた。アヒルかと思った。ユニコーンに乗った聖菜とふみが「失礼しました～」って、謝りながら流れてく。

待っていつのまに、ナチュラルに男女のペアが分かれた⁉

昨日の肝試しを思い出した。あれ、ぶっちゃけリョウヘイがペア決めるのはちがくない？　ってモヤッたんだけど。運営にルートを操作されるのもエグハなわけで。

それを運命だって受け入れるかどうかは、本人次第なんだよね。


浜辺に戻ってみんなでスイカ割り。

「おっぱいさわるなってー！」

「さわってない、さわってない！」

目隠しして十回まわって、よろけたみりあ。背中側から支えたひゅうがの手元があやしいので、おっぱい警察きぃぃりぷの指導が入りましたよ！

みりあ&ひゅうがが割れなかったスイカは、聖菜がかち割った。歓声が上がった。

スイカは甘い。ちょう甘い。みりあはひゅうがの、聖菜はふみの膝に乗っててマジかよ、甘ぇなってなる。……円満に、３つカップルができることってある？

いや、ウチとプルがそうなるって決まったわけじゃないけどさ！　目の前でこんな、イチャイチャされたら「お前も膝に乗せろや！」って怒りも湧くじゃん。

自分から乗れって言われたら、それはまだなんか難しいんですけどぉ……。

「スイカだけじゃ足りなくない？　海の家行きたい！」

横のWイチャイチャには目もくれずに、スイカかじってた男。おのれ……。

「いいねー！　ちゃむたこ焼き食べたいっ」

「ペアで分かれてなんか食おうよ」

おっ？　ただの食いしん坊かと思いきや、エグハに望ましい姿勢を見せてきた。

「なんか、今日のプル積極的じゃん」

「積極的ぃ！　綺麗、行こっ！」

からかおうとしたら当たり前みたいに手を引かれた。また寂しい女になるのか～っ
てしぼみかけた気分が一気に咲く。我ながら単純……いーや、シンプルって言え。

プルはグリーンカレーで、ウチはチキンフォー。アジアン食べれちゃう南国全開の
海の家、推せる。……でもさ、積極的詐欺のプルさんは推せないっすね。

「カレーひとくちちょーだい」

「どうぞどうぞ！　めっちゃウマいよ」

皿ごとよこされてイラッ。

「ここは、あーん♡　じゃないのかよっ」

「へえっ⁉︎」

「朝さ、ふみふみにしてたよね。今はしないんですかね」

スプーンでカレーぐちぐちして、すくって、バクッ。これはウマいわ。

「してもいいんですか！　ＴＡＫＥ２」

「ないな。ってかする気あったんだ？」

プルの習性、完全にわかってきたよ。みんなで海入ってるとグイグイ来たけどさぁ、ふたりだとあんま目合わせないの。かわいい、カワイイ。ってか、可愛い。

大人の男相手に「可愛い」とか思ったら、わりともう終了じゃない？

「ふたりだとダメ、しゃべれないなぁ……緊張しちゃう」

「かっわいいぃ～っ！」

あ、言っちゃった。プルが両手で顔を覆う。緊張しちゃうんだって。海の家の店員さんにビビられた全身タトゥーの男が？　吹き出しそうなのをグッと堪える。

「みんながいないと。みんなどこにいるの！　助けて～！」

「やっぱシャイだよね。チャラい感じで話すだけで、すごいシャイ」

顔を上げたプルがコーラを飲む。はーっ、て気合い入れるみたいに深呼吸。

「素を出していこうかな、って。最終日だし」

「素って、シャイな自分ってこと?」

「そうだよ！　これがオレだよ、時間がないよ！」

スマホで時間を確認して、目を合わせてきた。

「これから二十四時間で決着つける。懸念材料も関係ない」

「んんっ?　けねんざいりょー?」

「この二十四時間で絶対、好きにさせる」

さっき吹き出すの耐えたのに、普通に麺吹いた。急に凛々しい顔ウケるから。

……ウケるって言わないとマズいくらい、心臓うるさいから！

「わかった?」

「お願いしま〜す……」

「うっし！　やはり、夏は我のものなり！」

意味わかんないけど、夏はギャルのものでもあるぞ。海のパワーにはウチも期待してた。もう時間がないんだから、グイグイ来ちゃってくださいよ？

＊＊＊

もう時間が全然ないって焦ってるのは、みんな同じなんだろうね。

「きぃぃりぷさんにご報告があります」

「イエーイ♪　待ってました〜っ」

海から帰ってきたエグハは、冷房が効いててメチャクチャ眠気を誘った。何人かがお昼寝タイムに入ったところで、ウチはふみに呼び出された。夕焼けに染まったバルコニー。日差しが弱まってて、これはこれで眠くなるやつ。

「ちゃんと、ひゅうがと話せた？」

2日目のフリートークであえて指名したときに、実は相談役を買って出たんだよね。なんとなくここにいる、って感じだったふみ。恋愛する気あんのかって声かけたけど、『聖菜のミステリアスさが気になってる』って言うから応援したくなった。

それからこっそり密通……は、ちがうか。プチ相談とかご報告を受けてて、ウチはハッキリ言ってやった。聖菜の件について。ひゅうがとサシで話してきな、って。

「俺の女にするからこっち来ないで、くらい言ってやった？」

「いやっ！　そんな強いことは言えてない……」

自分の手を組んだり、ほどいたり。ふみの顔は暗くない。

「けど、ひゅうがは迷ってたから。俺は聖菜が好き、って伝えといた」

「言えてよかったじゃん！　男同士で気まずいのヤだしねぇ」

「そうそう。まだ男から誘う機会とかあるなら、遠慮しないからって」

やっぱり、ひゅうがは聖菜がタイプではあるけど、反応の読めなさに気を遣っちゃうらしい。イヤなのか、うれしいのか、本心が謎で。

「俺は逆に、聖菜のそこが好きなのかもしんない……」

「あー、はいはい。そのメンタルは貴重だから、やっぱ応援したいわ」

「今日がんばったよ！　聖菜の近くキープした……ひゅうが的にはイチャついてるように見えたらしくて。みりちゃむに心配されて、ボーンって来たっぽい」

誰の目にもイチャイチャに見えたから！　「え、マジ？」なんて顔赤くして。

グイグイ系の自覚ないのかね、ふみひろさ〜ん。

「まぁ……ボーンって来たなら、そこは上手くまとまるのかもね」

「それだとありがたい。聖菜はひゅうがに惹かれてるから」

「えっ⁉　それどこ情報？」

「俺は見てるから、わかる。自分では気付いてなさそうだけど」

ははあ～～って、感心した。それが事実かどうかはともかく、ふわっとして見えたふみがエグハをちゃんと楽しんでる。頼もしいじゃん。

「聞いてくれてありがと。マジで本気になれてるわ」

「時間ないからね！　惚れさせるっきゃないよ」

ほんと、頼もしいよ。聖菜が心に張ってる薄い膜。そのままがいいのか割りたいのか、誰かに割ってほしいのか。誰にも読めないソレに変化があったらいいな。

ふみの無自覚なゴリ押しは、聖菜にとって悪くないイレギュラーだと思う。


「ちょっと、ひとりで熱くなってるから頭冷やす！」

ふみがそう言うから、先に部屋に戻ることにした。

「にゃあぁ～……」

「えっ！　ネコちゃん⁉」

鳴き声がした方を見る。そこには、きゃわいいネコちゃん……じゃなくて。

「プルちゃん……何してんの？」

「いやあの、夕日きれいだなーって外出たら、ふたりがさ……」

「立ち聞き⁉　うわ〜っ、デリカシー死す」

「マジマジごめん、たまたまなの！　見つけたら動けないじゃん！」

初対面の時の草むしりポーズで慌ててるプルを見て、笑うしかない。

「あっは！　まぁ、聞かれて困る話はしてないわ」

明日には、みんな結果を知る話しかしてないよね。

怒ってないよ、って言ったのにプルはまだ半べそ小僧の顔をしてる。

「めっ……ちゃ安心した〜っ」

「何に？」

「フリートークで、綺麗に誘われなかった理由がわかった……」

「ああ！　プルはリョウヘイとツーショしたんだ」

想像するとシュール。今思うと、ちょっとかわいそーかも。

「ふみひろが気になってんのかと！　今日も気が気じゃなくて！」

もしかして海の家で言ってた「懸念材料」って、それ？

「その前に……『誘われなかった』って、ずいぶんな自信じゃない？」

「ほっ、ほんとだ！　でも……お前はオレだろ？」

まーた、おふざけで逃げようとしてる。

「バカ。お前があたしなんだよ」

「ぐはぁっ！　かっこいい……っ」

ほんとーにバカ。でも、かわいいって思っちゃう。

「も～……そろそろ戻るよ」

プルに手を差し出したら、心臓を押さえてた手で強く握られた。立ち上がるのを手伝ってやったのに、その勢いでハグされて。こいつ調子乗ってるよ……って呆れたけど、やたらうれしそーだから目をつぶってあげた。

＊＊＊

最後の夜ですから。何も仕掛けられないわけがないよね。

どんな指令もドンと来いって、全員で構えてたら……。

「今日の夜は……花火大会!?」

やるじゃん、仕掛けにしては規模がデカい！

夏の沖縄で花火とか、いろんな意味で盛り上がっちゃうよ～！

「女の子から男の子を誘って、最後のツーショットをお楽しみください！」

最後の指令をひゅうがが読みきって、爆アガりしたテンションが一部で凍り付いた。

女子から男子を誘う……いわばラストチャンス。聖菜とみりあが固まってる。

「リョウヘイくんと行くことにならないよね⁉」

となりのプルがなんか言ってるけど、今それどころじゃないから！


メイク直しするから♡　……って、とりあえず男子を追い出した。空気重いわ。

「わたし、別に変える気ないです」

その空気を切り裂いて、みりあが言った。

「強めだね。強めじゃない？　今の……すごいウチ、空見ようかと思った」

「なんでっ？　えっ、なんでですか！」

「いっかい、海もぐってきたい……クールダウンしたい」

空を見ようとしたウチと、海に潜りたい聖菜。あぁやっぱ、揺れてるんだ。

みりあの強さはマジ最高。ひゅうがに惚れてる自分を確信してる。

聖菜の揺らぎはきっとまだ恋じゃない……と、ウチは思う。

「話すチャンスが今しかないから。普通にただ……ひゅうがと話したい」

「ずっとふみふみと、いっしょにいたもんね」

「うん。ずっといっしょだったから、ふみを最後にひとりにさせるのも……でも、ひゅうがと曖昧な感じがイヤだ。どっちにも中途半端すぎて」

「ひゅうがもだけどさ……聖菜は、みりあとも話したいんじゃない？」

子どもみたいに不安そうな聖菜がみりあを見て、小さく頷いた。

「うん、話そうよ！」

すでに深海かもよ……そう思った重苦しさを、またみりあが力強く蹴散らした。

心配はあるけど、口を挟めることもない。ここの決断はふたりに任せよう。

「ちゃんとホウレンソウしてね」

ウチはプルって決めてるから。ひと足先に行くことにした。

Season2　chapter・8-1〈みりちゃむ〉

「ホウレンソウしてねっ」

きれいちゃんがやさしく言って、部屋を出ていった。めちゃくちゃ心配してくれてる。させちゃってる。それでも、うちらに任せてくれた。

しーんとした空間。さっき聖菜ちゃんが言った、海にもぐってるみたいな……息苦しくて、聖菜ちゃんの目をちゃんと見た。水の膜で、光ってる。

「えっ……聖菜ちゃん⁉」

水の膜があふれて、どんどんこぼれる雫があったかいから、あぁこれは涙だなって理解した。泣いてるところ初めて見たし、わたしの知らない聖菜ちゃんがいる。

肩をさすって、寄り添って。しばらく待った。

聖菜ちゃんが呼吸を整える。

「ひゅうがと話す時間がずっと欲しかった……」

謝りたいこともある――うんうん、って背中をさする。

聖菜ちゃんは他人に誤解されやすい。

同期のモデルに「リアクションが読めない」って陰で言われてて、じゃあわたしは読めるようになりたいなぁって思った。

「ふみを置いていく手段も聖菜にはなくて、ひとりにさせるなんて……」

「うん、かわいそう……って思うよね」

「でも、好きって言われてから怖くって……好意を持ってくれた子に対して出来ることがない。きっと何も返せないのに、時間ばっかり共有しちゃってる」

ゆっくり教えてもらったら、今やるべきことはシンプルだった。

「聖菜ちゃんはふみふみの気持ちを尊重してる。それは大事だよね」

だけど、その前に選んでいいものがあるんだよ。

＊＊＊

「よっすー♡」

「よっすー……マジ、そういう感じ？　そういうスタイル……新しいね」

ちゃむと聖菜ちゃんが、メロイック・サインしながら登場した時のひゅうがの顔。

言葉じゃ説明できないな。大変恐縮ですがマジなんですよ。

ひゅうがとの時間が欲しい――今、一番の想いを選んで、ふたりで決めました。

ひゅうが的には何この状況？　だよね。気まずくならないようにテンション高めでいこっ……そんな気合いは必要なかったくらい、お祭りの雰囲気ってやっぱ特別。

花火大会の時間まで、お面買ったり、チョコバナナ食べたり、屋台をぶらぶらした。

「あのさ……ふたりが誘ってくれた理由、教えて？」

花火を見る場所を決めて、並んでお好み焼きを食べてたらひゅうがに質問された。

「わたしは単純に……気になってるから誘った！」

気になってる、だと？　また弱いこと言っちゃった。なんで好きって言えないの？

「そっか。ありがと！　聖菜は？」

「うーん……第一印象で誘ってくれたっきり、まったく喋ってないから……目で追ってたって言ったら、あれだけど。気になってた。ちゃんと話したいなって」

目で追ってた。あれっ、それってすんごい刺さるやつじゃない？

「ふみとずっとペアだったから、行くに行けなかったっていうのもあるし」

「じゃあさ、じゃあ……ふみも一応、気になってる感じ？」

「気になってはいるけど、半々ではなくなったかな……」

中途半端だって泣いちゃった聖菜ちゃん。ふみのことは「気になってる」じゃなくて「気にかけてる」。ちゃむはそんな気がする。じゃあ、ひゅうがのことは?

ひゅうがはどう感じてるかな……ふたりをしっかり見れずにいたら、まだ時間じゃないのに花火が上がった。本物じゃない。バチバチッて弾ける仕掛け花火みたいに。

――ふみが突然現れて、聖菜ちゃんを連れてっちゃった。

すごいタイミングだったね……って、ぼーぜん。ドラマみたいにイケイケのふみふみ。聖菜ちゃんは、ひゅうがとまだ何も話せてない。もう戻ってこないのかな……。

「ちゃむさーん。ここ、座る?」

黙り込んだわたしを、ひゅうがは膝の上に招待してくれた。子ども扱いしてんの? ってスネてみても良かったけど、素直に甘えた。こういうやさしさが大好き。

夜の6時――花火大会が始まった。ひゅうがといっしょに見られてうれしいや。

でも、こんなに豪華な花火なら聖菜ちゃんとも見たかった。……よくばり。

特大のスターマインに、わあぁっって会場中から声が上がった。

「あ、これ見たかったやつ」

「えっ？　聖菜ちゃん⁉」

声が聞こえて振り返ったら、聖菜ちゃんとふみが立ってた。

「ちゃむ、ちょっと行かない？」

ふみに誘われて、状況を把握。聖菜ちゃんがひゅうがと話す時間を作ろうってことでしょ。わかるよ。わかるけど急、いちいち急でビビるんだけど！

＊＊＊

「聖菜がひゅうがに行ったらさ、ふたりはライバルじゃん？」

不思議、ふみふみと恋バナしてる。ふみは第一印象でちゃむを選んでくれたし、ドキドキしたシーンもあった。そのまんま進まないのが、エグハだなぁ。

「……そう！　それ。だから同じような状況なのよ」

わたしもふみも、出遅れ組で片思中。もし聖菜ちゃんがひゅうがを好きになってるなら、わたしは途中から邪魔したことになる。

「ぶっちゃけ、ふみはさっき完全にやったね」

「……やっぱそう思う？　わっかんないんだよ、本気になるの初めてで！」

「うん。聖菜ちゃんの邪魔した。ひゅうがと話す時間が必要だったんだから」

はぁ～って頭を抱えたふみは、恋愛初心者だったらしい。

それで、さっきのオラつきはポテンシャル高いよ？

「結局、警戒しなきゃいけないオオカミなんていた？」

「いなかった気がする……少なくとも俺は平民その１」

「そんなことはない！　メチャクチャかき回してるから」

丸まったふみの背中をバシッと叩く。

「まだ諦めないでよ。ちゃむまで不安になるから……」

あのふたりには、もう一度ちゃんと向き合ってほしかったのは本当。だけど不安だよ。この時間で、一気にひゅうがの気持ちが戻っちゃうかもしれない。


『ちゃむは攻めていくから覚悟してね』

そう宣言してから、結構がっついたつもり。自分を見てもらうためにちゃむが出来ることは、とにかく視界に入って意識してもらう……それしか思いつかなかった。

今日の海でも不安だった。ふみに聖菜ちゃん盗られちゃったね。どうなの？

ちゃむが余ってたから今いっしょにいるの？　気になりすぎて、つついちゃった。

『ずっと聖菜ちゃんだったじゃん。結局、今は誰が一番気になるの？』

『みりあだよ』

『ほんとに言ってる？　こわいなぁ～……』

ほんとにほんと？　こわくて、どうしようもないよ。わたしとふみからドキドキが消えて友情が芽生えたように、人の心なんて簡単に変わっていくから。


「……俺も不安。でも、ちゃむはひゅうが一本でしょ。突っ走ろう」

「突っ走る、けど！　ライバルになっちゃうのはやだよ……」

聖菜ちゃんの涙を見て、もうエグハ辞めたいって思った。花火大会なんて誰とも行かなきゃいいのかな、って。それでも、ひゅうがと見た花火は最高だったから。

今もきれいだけど、ちがう。「来なきゃよかった」はウソになる。

「……好きになっちゃったんだから。突っ走るしかないか！」

ふみがガッツポーズした。同じ境遇同士、拳と拳をぶつけて気合いを入れた。

Season2 chapter.8-2〈聖菜〉

盆踊りの音が聴こえるたび、毎年気になってた近所の夏祭り。

小学生になって、友達が誘ってくれたことがある。射的も金魚すくいも手が震えて、上手な友達を見て恥ずかしくなった。食べて見たかったわたあめは意外と値段が高いって知った。もう来なくていいか、そう思った。


「急に呼び出してごめんね」

「めっちゃビックリするよ……」

どうしてこのタイミングなんだろう。ひゅうがを誘った理由を伝えきれそうだったのに。私の手を引っ張って歩き出したふみは、この3日間で何度も気遣ってくれた人じゃなかった。聖菜すら見えてないな……って、悲しくなる。

みりあの前で、何かがあふれて泣き出した私に似てる。心に余裕がないんだ。

「ひとりにしてごめんね」

「えっ!? いや、聖菜が謝ることじゃないし！」

「謝りたいよ。好きって言わせちゃったから……」

ひとりでいるのは大嫌いだから。それをふみにさせるのはイヤだなって苦しくなったけど、みりあが「自分の一番の気持ちを尊重しよう」って言ってくれた。

「中途半端すぎて……最後はどうしても、ひゅうがと話したかった」

「そう、だよな！　悩ませてほんとごめん……聖菜に呼ばれなかった自分が悔しくて。今日もいっしょにいられて、やっぱ好きだなって思ったから」

まただ、逃げたい。「好き」って言われるたびに逃げたくなる。

どうして言い切れるんだろう。今の聖菜が好かれる要素なんてどこにもないよ。

「その、好きってなんで……」

「肝試しでさ……聖菜は全然ビビッてなかったけど、守りたいって思った」

「守りたい？」

「いろいろ話したじゃん？　なんでか、そう思ったんだよ」

守りたいって気持ちは「好き」なの？

ふみの顔は暗くてもわかるくらい赤い。私を好きだから？

「だから……俺は聖菜だけだよ、って伝えたかった」

ドンッ——花火が始まった。

大きい音が響いてズキズキする。頭か胸か、どっちでもいいけど。

「ありがとう……」

好意を抱いてくれて、ありがとう。今はそれしか言えない。「俺は聖菜だけ」って、ひゅうがはまだ迷ってるって意味？　その可能性はゼロに近いよ。


花火がうるさいな——いつかの夏祭りみたいだ。

みりあとひゅうがと聖菜。３人でいると居場所が見つからなかった。

みりあみたいに、何をしたい、何を食べたい、って楽しく言える子になりたかった。

もっと自分の輪郭がはっきりしてたら言えたのかな……今あのふたりは、楽しく花火を見てるのかな。うらやましい。私も、ちょっとだけ時間が欲しい。

「まだひゅうがと、ふたりっきりで喋れてない……」

「あっ……そっか、二人きりでって……マジごめん、すぐ戻ろう！」

俺がちゃむ誘うから、行こう。駄々をこねるような言い方になっちゃったけど。

慌てて立ち上がったふみは、ちゃんと聖菜を見てくれてた。

＊＊＊

私とふみが戻った時のふたりの顔。「ヤバい」って書いてあった。花火の音で足音がかき消されたのか、ふいうちみたいになっちゃったな。

ひゅうがの膝の上で、だっこされてたみりあが飛び降りた。こんなの気まずいよね。

ごめん？　ありがとう？　何も言えない。

みりあはふみと歩いていった。


「……おかえり。ふみ、すげぇ行動力だったな」

「うん……びっくりした」

打ち上げ花火はもう終盤で、上品なやつ。情緒がある花火になってた。ちょっとうるさいくらいの方が今はありがたい。やっとふたりで話せるのに、静かだと困る。

「でも、ふみふみはどんどん自分の殻を破ってる。すごい」

「俺もそうしてたら、聖菜とワンチャンあったかな」

今日イチの花火が上がった時よりも驚いて、ビクッと背筋が伸びた。

「俺、聖菜ちゃん来たーって舞い上がってて。ガチで狙いに行きてぇなって。でも、空回りしてる気がして減速したから……どれが正解だったんだろ？」

「ひゅうがは……離れていったから、こんなに気になったのかもしれない」

流れ星に願掛けしたひゅうがを否定したこと。今日の海で手をつなごうとしてくれたのに、恥ずかしくて振りほどいたこと。胸に引っかかってたことを話した。

「距離の測り方で、ひゅうがを……みんなを困らせた。ごめんね」

「嫌われてはなかったってこと？　あーっ、クソッ！　むずい！」

「減速されなかったら、私は気付けなかったし。今が正解なんだよ」

自分がどうしたいのか、どうしてほしいのか。見つけるまでに時間がかかる人間なんだって、みんなのおかげでわかった。見つけたら行動していい、ってことも。

「……チャラい自信あったのに。いつものペースで行けねぇって、ヘコんだんだよ。そしたら、みりちゃむが来てくれてさ。俺が出来なかったガツガツで来てくれて」

「うん。みりあはまっすぐだった」

「だから今は、気持ちが……ちゃむのが大きい」

わかった気でいても、直接聞くと後悔が襲ってきた。

ひゅうがは、もう聖菜に興味ない……って実感すると、さびしくて、くやしい。

時間が足りなかったよ。受け身でいた自分が情けない。どうしたって、もう遅い。

「もっといろんな話したかったな。お団子で海に行ったけど、遅かった……」

「お団子っ？」

「おだんご、ポンポンしたじゃん。ひゅうが。またしてほしくって……」

後悔のひとつを伝えたら、ひゅうがは一瞬固まって。困った顔で笑った。

「はは、ははっ……俺マジで浅いじゃん！　聖菜は大人なんだと思ってた。だから初日から舞い上がってる俺がＮＧだったんかなって。表面だけ見てたわ」

「な、なにっ⁉　表面っ？」

「たった数日で入り込めそうにねぇ……って、逃げたんだ。でも、少しでも俺が聖菜の心を揺さぶれたなら、エゴだけど……ヤバいうれしい」

お団子ないけど、さわっていい？　笑顔で言われて、頭をちょっと下げた。

「もちろん俺だけじゃない。女の子同士できっといろんな話して、おもしれぇプルがいて、ふみひろがやる気見せて……」

——聖菜にとって、ここで過ごしたのが特別な夏だったなら超うれしい。

なんで、そんなにスラスラ喋れるの？

してほしいって言ったら、ぽんぽんしてくれるの？

もう、なでなでになってるじゃんか。聖菜のこと、表面以外もわかったようなこと言ってさ……本当に、わかってて。イヤだ。くやしいよ。

「ひゅうが、嫌いだなぁ……」

「俺のこと嫌い？」

いっぱい、力いっぱいうなずく。下げたままの顔から重力で涙が落ちた。

「じゃあ、今の聖菜の方が俺は好きだな」

意味わかんないよ――もう完全に泣いてる声だ、みっともない。

「嫌いか好きか、はっきり言ってくれると形になるから。聖菜の中に存在してることになるから。……聖菜は？　今の自分好き？」

「……好き。好きだよっ……」


好きになった。好きになれちゃった。

ひゅうがを大好きになれた、自分が好きだよ。

Season2 chapter・9-1〈聖菜〉

ティッシュ配りのバイトをしてた渋谷で、スカウトされたモデルの仕事。

昔から横目で憧れてた、バイト代だけじゃ手が届かなかったファッションの世界に関われるなんて信じられなかった。自分の居場所にしたいと思った。

だから、モデルの私を求められて断る理由は基本ない。恋愛に苦手意識があったって、ジョーカー役ならどうにかなる……そう、鼻で笑ってたのに。

自分や他人の感情に振り回されるのって本当に疲れるんだ。人間関係で本気になるのはコスパ悪い。嫌いなことだった……過去形になってて、おかしいな。

最終日。みんなにとって運命の4日目。ふみからの「本気」の告白を断った。

本気の想いは、まっすぐで美しくて、痛い。それを知ったばかりの私には受け止めきれなかった。貰った手紙には、共有した時間がたくさん綴られてた。

花火大会で嫉妬した。くやしかった。もっと何かできたはず——それが唯一の後悔。

その気持ちも共有した。ふみと私は、同じ夜に「本気」を知ったのかもね。

本気になった夜。ふみに連れ出された時に、どうして今なのって戸惑いながら前を歩く大きな背中を見た。

その時につながってしまった。仕事人間で全然遊んでくれなかった、だけど大好きなお父さんの背中に似てる——分け隔てないふみのやさしさも、肝試しの夜に背中をぽんぽんしてくれた手も。

安心した。お父さんみたいで懐かしかったんだ。

その喜びを勘違いして、私は甘えてしまった。

期待させちゃって、振り回したのに。最後までやさしかった。

『3日間でこんなにも真剣に恋愛と向き合えると思ってなかった。とても濃い3日間を過ごせたのは聖菜がいてくれたからです。ありがとう』

私だって、ふみがいてくれて本当によかった。

好きになってくれて、ありがとう。

ふみとみりあが積極的に動いたから、私はひゅうがへの気持ちに気付けたんだと思う。気付いた時には遅かったけど……私はこの夏を絶対忘れない。

いつか……また本気で誰かを好きになることが、もしあるなら。

自分をちゃんと好きな今の私で、ぶつかってみたい。胸を張って言うよ。

Season2 chapter・9-2〈みりちゃむ〉

『ひゅうがです！　みりあ、こっちおいで』

呼ばれた。手が、全身が震えた。男子は告白したい人をグループLINEで呼び出すルール。

今からひゅうがに告られるってことだよね？　うれしくて、信じられなくて、「震えが止まんない」って伝えたら「俺も」って、ひゅうがが笑った。この大好きな笑顔がわたしのものになるんだ。

わたしのものになるんだ。泣けてきた。

花火大会が終わってから不安で一睡もできなかったんだよ。メイク乗り最悪だよ。

『昨日の夜は、今まで生きてきた中で一番悩んだ夜です。
朝まで悩みに悩んだ文章で、本気で正直な思いを伝えます。』

みりあも分かってたと思うけど……って、揺れまくったことを正直に教えてくれた。
昨日の夜――聖菜ちゃんが、ひゅうがにどんな気持ちを伝えたのかは知らない。
だけど、あの聖菜ちゃんが心の言葉を聞かせてくれたんだから特別に決まってる。
それで揺れないわけ、ないよね。すごい悩んで……ちゃむを選んでくれた。
選んだ理由も教えてくれた。最初は妹みたいだった……それは、わたしも感じてた。
だけどいつの間にか年下ならではの可愛さを感じて、みりあといる時が一番キュン
キュンしてサマラブしました。……って褒め殺し！　あたま溶けそうだった。
ちょこっとおバカなところもカワイイってよ。ちょこっとおバカですよ！

『一番は、笑っている時の笑顔が本当に大好きです。

本気で隣にいてほしい。みりあを誰にも取られたくはありません。』

わたしも、笑顔がいちばん大好き！　ひゅうがを誰にも取られたくなかったよ。手紙じゃなくて直接伝えてくれた「愛してる」。これからも、百万回言ってね！

ひゅうがに抱きついて、大好きを込めてしたキスは、悪ふざけでした最初の夜とは何もかもちがうキス。こんなに好きになっちゃうなんて。好きになった人と結ばれちゃったなんて。奇跡。わたしが掴みとった奇跡じゃん！

……でも、本当によかったのかな。エグハに向けて、気合い入れてピンクにした髪。色落ちは早かったけど、自分でもびっくりの勇気を出せて最後まで突っ走れた。わたしの髪色を一番に褒めてくれた聖菜ちゃん——これでよかった？　揺らぎそう。よかったんだよね？　わたしが立ち止まったら、聖菜ちゃん怒ったよね？

「修学旅行みたいで楽しかったな」

「えっ……り、林間学校みたいじゃなかった⁉」

「そこはどっちでもいいけど……」

プルに呼ばれたきれいちゃんを送り出して、「もう終わっちゃうね」って聖菜ちゃんがつぶやいたから驚いた。修学旅行と林間学校のニュアンスはどっちでもいい！

「おめでと、みりあ。それと……ありがとぅ」

「そんな、ちゃむの方が、ありがとうだよぉ……」

「仲良くしてくれて、聖菜のこと教えてくれて。ありが……ぎゃっ」

――聖菜ちゃんを抱きしめちゃってた。「暑いよ」って言われても離れない。

大好きな聖菜ちゃん。ありがとうって、百万回言いたいよ。

ほんとにメチャクチャ楽しかったね。終わっちゃうの、イヤだよね。

Season2　chapter.9-3〈きぃぃりぷ〉

『プルだよ！　綺麗集合♡』

集合ってなんだよ！　ムード皆無な呼び出しに文句言ってみたけど、ドアを開けたら予想外にキメたプルがいて「かわいい」が飛び出た。

ピンクと水色がハーフになったシャツにサスペンダー。モンゴルのおぼっちゃまってそういう感じなの？　プルが考えた正装だと思うと超可愛い。いや、かわちい！　しかもそのシャツ、海の家でウチが「あの人のシャツかっこよくない？」って指さしたやつに似てない？　どこで調達しちゃったワケ。

「すっごい……あー、緊張してる！」

巻物みたいな手紙がトゥルルルルンって出てきた。ウチも緊張してきた。

「初めて会った時から気になってて、いつの間にか好きへと変わってて……この気持ちはもう抑えられません！　この3泊4日で、綺麗をすごく好きになりました」

巻物を読むプルから、新情報がバンバン出てくる。

最初のうちは「全く相手にされてない」って悩んでたとか、初耳だ。

根がシャイなんじゃなくて、それを発動する相手はウチだけだったらしい。

「綺麗は、いいところがたくさんある！」

いいとこなんて、正面から言われたら絶対照れるけど。真面目に聞く。

「いつも強気でいるけど、たまに見せる女の子っぽいところとか。そういうところにキュンッとするし、年上のように振る舞うから一緒にいて落ち着く」

「うん……うん、強気だね」

「そこがいいの！　よく笑う君の笑顔は、僕にとって本当に本当に……かけがえのない素敵な時間をくれた。そんな君の笑顔を、ずっと隣で見ていたい」

巻物を仕舞ったプルは、どっかから黄色い花束を出した。すごい、すごいじゃん！

「綺麗はやっぱ、ひまわりかなって。ひまわりは太陽だから」

「うわもう、ありがと……花束もらってみたかった。ひまわりも、うれしいっ」

似合うよって言われた花。あの日の青空を思い出す。きっとプルに似合う。

「……オレたちが付き合えるとしたら、遠距離恋愛になるけど」

ウチが茨城でプルが千葉。乗馬デートした日に、そんな話もしたっけ。

ふたりで遊牧民になろうとか抜かすから、「その前に遠距離向いてない」ってあしらって。プルは「モンゴルよりは近いよ♡」なんてふざけてたけど、電車で十分以上はじゅーぶん遠距離だ。

「モンゴルより近い……でしょ？」

笑い話だったはずが、今は笑えない。会いたくなったら「会いたい」って言える関係になりたい。

「綺麗が『遠い』って言うなら、それは遠い」

目を合わせられないシャイボーイじゃない。照れ隠しでふざけもしない。真剣な瞳。

「それでも……太陽はどんなに遠くからでも、いつも僕を照らしてくれる。だから……綺麗に僕だけの太陽になってほしい。付き合ってください」

『オレとお前、恋しようぜ』

最初の印象は、周りによくいる友達キャラ。面白く楽しくエグハを回してくれて、ウチもまたそーゆう役回りでコンビになるのかって予感した。強めのギャルって結局モテないいし？　でも、プルは全部がギャップ。……こんな一途な人いるの？

ウチのことをずっと見ててくれた。ひさびさにこんな、キュンキュンさせてくれた人だから——ウチってこう見えて慎重なんだよ。そっと、受け取った花束を置く。

「お願いしますっ！　好き！」

夏・海・恋愛＋ギャルの企画。ウチがモテなきゃ始まんねぇだろ！　次でモテなきゃ黒肌やめてやろうか、って覚悟で挑んだエグハリベンジ。最高の男が、ありのままの鈴木綺麗を愛してくれちゃったから。夏より熱いキスで結ばれちゃったから。夏はもうウチらのもの。

カメラが止まって、みんなが「おめでとう！」って駆け寄ってきた。

ぎゃん泣きで抱きついてきたみりあと、「ひまわり潰れちゃうから」って焦る聖菜。

ふみとひゅうがに肩を抱かれて照れまくりのプル。この夏が終わっても、また集まりたい最高のメンツ！

「……結局、オオカミなんていなかったじゃん！」

ウチの気付きにみりあと聖菜が爆笑して、男子たちは「なになに？」ってマヌケ面。

こんなに楽しいエグハは続くべき！　フユラブ♡ワンチャン、いいんじゃない？

その時は呼んじゃってくださいよ。ギャル代表コメンテーターとして、いつでも盛り上げに行くからさっ♡

令和版 egg 5th Anniversary Book

EGG HOUSE

[エッグハウス]

[season_1] [season_2]

2023 年 9 月 6 日　初版第一刷発行
著　者：ますこ綾
編集発行人：根津一也
発行・発売：株式会社 大洋図書
〒 101-0065 東京都千代田区西神田 3-3-9
TEL 03-3263-2424(代)
印刷所：中央精版印刷株式会社
製本所：中央精版印刷株式会社

cover illustration：豊村真里
design：miamigraphixx
編集協力：金巻ともこ、西田トモセ（株式会社チクタク）
企画協力：株式会社 HJ(web egg 編集部)
〒 150-0002 東京都渋谷区渋谷 1-22-1 CH ビル 2F

special thanks：中野 輝（株式会社 HJ）

ISBN978-4-8130-2293-0 c0093
Printed in JAPAN